KB108488

언택트 한국여행

-떠나지 않고 즐기는 한국의 사계-

언택트 한국여행

발행일   2020년 11월 20일

지은이   오종호
펴낸이   손형국
펴낸곳   (주)북랩
편집인   선일영   편집   정두철, 윤성아, 최승헌, 이예지, 최예원
디자인   이현수, 한수희, 김민하, 김윤주, 허지혜   제작   박기성, 황동현, 구성우, 권태련
마케팅   김회란, 박진관, 장은별
출판등록   2004. 12. 1(제2012-000051호)
주소   서울특별시 금천구 가산디지털 1로 168, 우림라이온스밸리 B동 B113~114호, C동 B101호
홈페이지   www.book.co.kr
전화번호   (02)2026-5777   팩스   (02)2026-5747

ISBN   979-11-6539-456-1 03810 (종이책)   979-11-6539-457-8 05810 (전자책)

잘못된 책은 구입한 곳에서 교환해드립니다.
이 책은 저작권법에 따라 보호받는 저작물이므로 무단 전재와 복제를 금합니다.

이 도서의 국립중앙도서관 출판예정도서목록(CIP)은 서지정보유통지원시스템 홈페이지(http://seoji.nl.go.kr)와
국가자료공동목록시스템(http://www.nl.go.kr/kolisnet)에서 이용하실 수 있습니다.
(CIP제어번호: 2020047222)

(주)북랩 성공출판의 파트너

북랩 홈페이지와 패밀리 사이트에서 다양한 출판 솔루션을 만나 보세요!

홈페이지 book.co.kr   •   **블로그** blog.naver.com/essaybook   •   **출판문의** book@book.co.kr

언택트
한국여행

오종호 포토에세이

떠나지 않고 즐기는 한국의 사계

북랩 book Lab

작가의 말

그리운 곳엔 아름다움이 있다.

    길을 떠난다. 사진기 하나 달랑 메고 길을 떠난다. 내 나라 산천의 아름다움을 찾아 내가 디자인한 자유의 길을 떠나는 것이다. 사진을 배운 후 뜻밖에도 퇴직은 새로운 삶의 기회가 되었다.

    셔터 한 번 눌러보지 않던 내가 출사여행을 즐기며 살다니, 알 수 없는 인생이다. 렌즈를 통해 바라보는 무아지경, 그 순간에 맛보는 희열을 어떻게 설명해야 할까. 아무도 범접하지 못하는 그 무구함에서 찌든 가슴도 치유하고 싶었다. 돌아오는 차 속에서 몇 자 끄적이며, 얼마나 또 마음이 평안해지던가.

    그 여행의 흔적들을 모아서 책을 엮었다. 주변의 권고를 뿌리치지 못한 탓도 있지만, 사계절이 있는 내 나라가 어떻게 아름다운지 보여주고도 싶었다. 때로는 위험을 무릅쓰고, 전국의 산천을 누비며 찾은 비경들. 여행이나 사진, 글을 좋아하는 사람들을 위하여 애정으로 엮은 책이다. 지난 7년 동안의 작품이 대부분이지만, 금년에는 생각지 못한 코로나19 사태로 계획에 차질을 빚고 말았다.

    무위와 허정의 세월 속에서 삶의 동력을 찾은 것이 무엇보다 즐겁다. 생각하면 인생은 태어나면서부터 떠나는 여정이 아닌가. 차창에 기대 새로운 꿈을 꾸며 나는 또 떠날 것이다. 사진기 하나 달랑 메고, 변함없는 자연, 내 나라 산천이 그리워서...

2020년 11월

오종호

목차

PART 2　정열의 계절, 여름

PART 3　성숙의 계절, 가을

PART 4   사색의 계절, 겨울

PART 1

환희의 계절,
봄

화엄사의 봄

서울의 봄을 여는
창덕궁 홍매화

　창덕궁 홍매화 한 그루가 사람들의 마음을 사로잡고 있다. 긴 겨울 찌들었던 가슴을 한 방에 활짝 펴주는 꽃. 화사한 그 모습이 그리워 전국에서 탐매객들이 찾아오고, 그 자태를 못 잊는 사진가들이 일 년을 기다린다는 꽃이다. 왕궁의 꽃을 비교하면, 곤장을 맞을 일. 600년 고도 서울에서나 볼 수 있는 고매한 봄의 얼굴이다.

봄의 상륙을 알리는
광양 청매실농원

섬진강 홍쌍리댁에 매화꽃이 피면, 반도에 봄이 왔구나, 깨닫게 된다. 시아버지가 심어놓은 5000여 주의 묘목을 며느리가 일궈 일으킨 광양 청매실농원. 산등성이 온통 매화꽃이고, 섬진강 따라 천지가 매화꽃밭이 되면, 방방곡곡에서 몰려드는 상춘객들로 한바탕 난리를 피게 되니, 이쯤 되면 광양 땅은 봄의 메카 아닌가. 화사한 매화꽃이 TV 화면을 덮는 것을 보면, 이 나라 봄은 전라도댁이 쥐고 있는 것 같다.

한국인의 고향,
낙안읍성의 새벽

500년 역사를 오롯이 간직한 이조의 계획 도시 낙안읍성. 120세대 300여 주민들이 대장간도 운영하는 등 옛날 방식대로 농사를 지으며 살고 있는 영원한 우리의 고향이다. 새색시 놀리며 까르륵대던 빨래터도 그대로고, 시어머니 흉을 보며 수다를 떨던 툇마루도 그대로다. 노거수며, 성곽이며, 옛 생활을 엿볼 수 있는 민속자료도 그대로 보존하고 있는 낙안읍성은 우리 삶의 박물관. 새벽을 여는 불빛을 보며, 박동하는 새봄의 신비에 빠진다.

삶의 쉼표,
청산도

　바다를 향해 물결치는 노란 유채꽃은 봄소식을 알리는 청산도의 그림엽서
다. 영화 〈서편제〉의 감동이 생생한 당리 언덕은 세계 slow길 1호 명품길이
되었고, 그 길을 걸으려 몰려오는 사람들로 봄이면 섬이 가라앉을 지경. 느리
게 걸어야 웃어주고, 느리게 걸어야 풍경이 보인다는 섬. 평생을 달려온 사람
들에게 느림의 미학이 생소하겠지만, 달려서 볼 수 없는 지혜를 깨닫게 하는
삶의 쉼표가 아닐까.

고색미가 뛰어난
꽃대궐 선암사

　아름답기로 손꼽는 백제고찰 순천 선암사. 조계종과 태고종의 다툼으로 주인 없는 꼴이 되어 개축을 못해, 오히려 고색미가 뛰어난 절이 되었다. 수령이 600년도 넘었다는 선암매를 필두로 온갖 꽃이 잇따라 피어 꽃대궐로 유명하다. 화장실로는 유일한 문화재인 뒷간 해우소는 아득한 낙하점으로 근심이 해소되기는커녕 간담이 서늘해져 나오기 십상이지만, 놓칠 수 없는 명물이다. 금세 무너질 듯 이끼 낀 돌담에 기댄 다 삭은 노목에서 피는 선암매를 보며, 젊은이들은 꽃에 환호하고, 노인들은 밑동을 보며 애처로워한다.

산수유의 별천지,
구례 산동마을

　구례 산동면은 산수유의 별천지다. 아직도 지리산에는 잔설이 역력하지만, 노란 산수유가 꽃바다를 이루며 봄소식을 알려준다. 천여 년 전 중국 산동성에서 시집 온 여인이 심은 이래, 곡식 한 톨 심어먹을 땅이 없던 지리산 자락 사람들이 척박한 땅에서도 잘 자라는 이 나무를 서로 심어 산수유 마을로 만들어 놓은 것. 봄에는 상춘객을 불러 재미를 보고, 가을에는 빨간 열매로 또 한 차례 유혹하니, 약재값은 따로 있겠다, 산수유가 상팔자를 만들어줄 줄이야... 인생살이 새옹지마다.

산벚꽃에 취해 걷는
금강벼룻길

산벚꽃 흐드러지게 핀 금강벼룻길에 들어서자, 봄을 시샘하는 봄눈이 어지
럽게 흩날린다. 산비탈을 돌아가는 연두빛 길은 무주군 부남면에서 출발하
는 그윽한 오솔길. 대소의 오일장에서 막걸리 한 잔에 불콰해진 남정네들이
실없는 농담을 나누며 걷던 길이고, 책보자기를 둘러맨 아이들이 찔레순으로
허기를 달래던 추억의 길이다. 금강의 절벽길이라 스릴도 있고, 오지답게 호
젓한 것도 매력. 벚꽃이 터널을 이루는 이웃의 잠두리 옛길과 짝을 져, 봄이
면 그리워지는 비경의 트레킹 코스다.

낙동강 절벽의 비경,
능가사

　창녕군 남지읍과 함안 땅을 잇는 남지철교는 수려한 낙동강을 가로질러 그
것만으로도 멋진 풍광이지만, 다리 끝 절벽에 자리 잡은 능가사가 한 폭의 풍
경화처럼 아름답다. 절이라야 특별할 것도 없는 자그마한 정사지만, 도도히
흐르는 푸른 낙동강을 수직으로 굽어보는 형세가 낙화암이 긴장할 정도. 남
지 쪽 유역에는 전국 최대 규모라는 33만평이나 되는 유채꽃밭을 만들어 놓
아 나그네를 더 기쁘게 한다.

야성의 트레킹 코스,
블루로드

강구항에서 축산항으로 가는 16km의 해변길은 환상의 트레킹 코스였다. 즐비한 기암괴석이 이어지는가 하면, 고운 백사장이 앞을 막고, 우거진 청솔밭이 나오는가 하면, 외인촌 같은 멋진 마을을 지나기도 한다. 우렛소리와 함께 성난 파도가 밀려오기도 하고, 암석을 때리는 요란한 굉음이 가슴을 서늘하게 하는 해변, 안일한 일상을 호령하는가, 포말을 일으키며 달려오는 파도가 잠자던 내 야성을 일깨우고 만다.

남해의 최고 비경,
백도

　거문도에서 40분쯤 더 달려가는 백도는 기대 이상으로 아름다운 섬이었
다. 망망한 바다 가운데 우뚝 솟은 천태만상의 기암괴석은 일행들의 넋을 빼
앗을 지경. 억겁의 세월 동안 풍랑과 바람이 깎아놓은 신비한 조각품들에 잠
시도 눈을 뗄 수가 없다. 천인절벽이 있는가 하면, 오묘한 동굴이 눈길을 사
로잡는 기기묘묘한 바위들. 창조주의 신비를 어떻게 설명해야 할까. 죽기 전
에 가보아야 할 비경 중의 비경이었다.

산방산과 어우러진
용머리 해안의 비경

　거대한 퇴적암이 기묘하게 펼쳐진 용머리는 제주도 해안에서도 최고로 꼽
히는 절경이다. 용이 머리를 쳐들고, 막 뛰어드는 형상이니, 하멜이 표류해 오
며 얼마나 놀랐을까. 수중에서 화산이 폭발해 이루어졌다니, 자연의 신비가
경이로울 따름이다. 암석 밑 산책로를 따라가면, 물질하는 해녀들이 갓 잡아
온 해산물로 소주 한 잔도 즐길 수 있는 곳. 해무 낀 산방산과 어우러진 풍경
이 몽환적일 만큼 아름답다.

제주도의 신비,
곳자왈

　화산섬 제주도에서나 볼 수 있는 특이한 원시림 곳자왈. 에코랜드 테마파
크에서 동화 같은 기차여행을 마치면, 30여 만 평이나 되는 방대한 곳자왈로
들어가 제주도의 이색적인 풍광을 즐길 수 있다. 이끼 낀 바위들에서 태고의
신비를 맛보기도 하고, 억새 우거진 들녘을 거닐며 제주도의 독특한 자연에 감
탄하게 되는 것. 갈 곳 많은 제주도지만, 놓치면 아까운 비경의 생태 숲이다.

미항,
여수시가 뜨고 있다

　미항 여수시가 남해안 해양관광의 중심지로 뜨고 있다. 도시는 백색 톤으로 산뜻해졌고, 사장교 밑으로 유람선이 떠가는가 하면, 하늘에는 케이블카가 쪽빛 바다를 가른다. 그중에서도 오동도는 여수관광의 본거지. 시누대가 만들어 놓은 터널이 색다른 분위기를 연출하는가 하면, 이리저리 뻗친 오솔길은 연인들을 유혹하고, 동백꽃 붉은 노천카페에서 차 한 잔 하는 운치도 쏠쏠하다. 해식애가 발달한 기암절벽의 해안도 놓치면 실수. 오동도는 여수 시민들이 자랑할 만한 멋진 휴식처였다.

풍광도 뛰어난
고품격의 호암미술관

봄에는 벚꽃이, 가을에는 단풍이 소장품보다 더 아름답다는 용인 호암미술
관. 삼성의 창업자 호암 이병철 선생이 설립한 후, 전통정원 〈희원〉을 개원하
면서 더 유명해졌다. 진입로에 들어서자 화사한 벚꽃 터널이 비명을 지르게 하
더니, 산등성을 덮은 산벚꽃들은 질식할 정도. 울긋불긋한 꽃들이 호수와 어우
러진 풍경으로 기어코 미술관 뜰에 들어서기도 전에 넋을 빼놓고 만다.

지리산
화엄사의 봄

　화엄사의 하룻밤은 힐링의 시간이었다. 산벚꽃 수놓은 지리산이며, 흐드러
지게 핀 벚꽃이 반겨주는 새벽 정사. 정적을 깨며 울리던 범종소리며, 꽃비를
맞으며 산책하던 산길은 어찌 잊힐까. 임란 때 왜병과 싸우다가 주지를 비롯
300여 명의 스님이 전사하고, 전각도 모두 불타버렸지만, 꿋꿋이 화엄사상을
이어오는 장한 절이다. 봄이면, 각황전 옆에 피는 흑매화가 국보급이라고 전
국의 탐매객들이 몰려들어 한바탕 난리를 치르기도 하는 대찰이다.

세계 최고라는
진해 벚꽃 축제

대단한 벚꽃이다. 아름드리 벚나무들이 일제히 꽃망울을 터뜨리며 도시는 온통 벚꽃으로 일렁이고 있었다. 인구 18만 명의 고장에 37만 그루나 된다니, 진해는 아예 벚꽃밭인 셈. 그중에서도 경화역 주변은 압권이었다. 축축 늘어진 왕벚꽃길을 산책하는 시민들은 아름다운 도시에 산다는 자부심이 역력했고, 기차도 세워둬 포토 존을 만들어주기도. 해군사관학교며, 진해기지 사령부에 늘어선 벚꽃도 즐길 수 있는 군항제도 겸해, 도시는 완전히 축제로 들떠 있었다.

달도 반해 머물고 간다는
영동 월류봉

　달도 반해 머물고 간다는 한천 8경의 으뜸, 영동 월류봉. 다섯 개의 봉우리
가 병풍처럼 둘러쳐 있고, 그 제일봉 밑에 정점을 찍은 월류정에는 금세 신선
이 나타날 것 같다. 깎아지른 듯한 절벽을 감돌아 흐르는 초강천에 교교히
비치는 달밤의 경치는 특히 죽여준다는데, 어느 화가가 이런 수묵화를 그릴
수 있을까. 예로부터 시인 묵객들의 사랑을 받아온 비경의 명승지다.

봄의 전설,
쌍계십리 벚꽃길.

쌍계십리 벚꽃길은 봄의 전설이다. 그만큼 유명해져 봄이면 상춘객들로 북
새통을 이룬다. 가도 가도 끝없는 화사한 벚꽃터널. 젊은 쌍이 이 길을 함께
걸으면, 인연을 맺어 백년해로하게 돼 혼례길이라 부른다나. 이끼 낀 노목의
벚꽃도 운치 있지만, 계곡이 옆에 따라와 풍경을 더 돋운다. 시발점인 화계장
터도 빼놓으면 서운한 구경거리. 지리산의 오만잡사리가 다 있다는 곳인데,
수해로 모두 휩쓸렸다니 딱한 노릇이다.

시민들의 휴식처가 된
아름다운 현충원

　서울에서 가장 아름다운 봄나들이처로 동작동 국립묘지가 될 줄은 몰랐
다. 연분홍 아름드리 수양벚꽃을 비롯하여, 목련, 개나리, 심지어 산벚꽃까지
어우러진 풍경은 한마디로 선경을 방불케 하는 것. 그중에도 압권은 충무정
주변이다. 교통이 좋은 것도 큰 매력이라, 9호선 동작역 8번 출구로 나가면, 정
문이 바로 코 앞. 가는 곳마다 꽃길이라, 무릉도원이 따로 없다. 더구나, 이곳에
는 꽃보다 아름다운 10만여 명의 젊은이들이 누워 있지 않은가.

국제적 명소가 된
잠실 석촌호

한국에 온 외국 관광객들이 가장 선호하는 곳으로 빠지지 않는다는 서울의 유일한 자연형 호수 석촌호. 그 석촌호가 봄이 되면, 화려한 벚꽃 호수가 된다. 천여 그루의 왕벚꽃이 꽃터널을 이루어, 명실공히 서울의 대표 명소가 된 것. 도심에서 꽃비를 맞으며 걷는 호수길에 환호하기도 하고, 와르르 쏟아지는 꽃잎들이 푸른 물결과 어우러지는 풍경에 넋을 잃기도 한다. 더구나, 이곳에는 롯데월드 타워와 매직 아일랜드가 어우러져 밤이면 더 잊지 못할 서울의 추억을 만들어 주리니.

벚꽃 속에 허덕이는
서라벌의 봄

　고즈넉한 고도에 피는 화사한 벚꽃으로 도시 전체를 빠뜨리는 서라벌의 봄
은 유명하다. 그 중에서도 월성지구의 벚꽃은 노란 유채꽃과 어우러진 황홀
한 풍경으로 사람들을 경탄하게 한다. 보문단지 안에 있는 보문정은 〈한국
에서 가 보아야 할 아름다운 곳〉 11위로 CNN에서 선정할 만큼 예쁜 숨은
명소. 일반 벚꽃이 다 진 2주쯤 후에 피는 왕벚꽃은 불국사 지역에 300여 주
가 만개해 사람들을 또 혼절케 한다.

조선시대의 대표적 누각,
남원 광한루원

　궁궐에는 경회루가 있고, 남원에는 광한루가 있다고 옛 시인들이 노래했을
만큼 이조시대 대표적 누각인 광한루. 신선이 사는 이상향을 표현했다는 광
한루원은 황희 정승이 이곳에 유배 왔을 때 지은 것이라니, 그 시절 유배는
멋이 있다. 은하수를 상징해 연못도 만들고, 정원수도 자연 그대로 자라게 해
숲처럼 울창하다. 그네 뛰는 춘향이를 보고 한눈에 반한 이몽룡 가슴도 신록
만큼이나 싱그러웠던가, 오작교를 오가는 젊은이들의 가슴도 들뜨기는 마찬
가지이리니.

경산 반곡지의
복사꽃과 왕버드나무

　연분홍 복사꽃이 가슴을 설레게 한다. 10여 그루의 왕버드나무와 함께 물속에 어우러진 모습을 찍기 위해 사진가들이 몰려오는 경산 반곡지. 입구에는 영화도 촬영했다는 푯말이 자랑스럽게 꽂혀있다. 봄의 훈풍이 복사꽃잎을 날리면, 아녀자의 가슴이 까닭 없이 들뜬다고 양반집 마당에는 심지 않았다는 나무. 행여 무딘 가슴에도 봄바람이 스칠까, 사진놀이를 핑계 삼아 복사꽃밭을 누비다가 실없는 짓에 실소만 한다.

꽃더미 속에 묻힌
개심사의 봄

　국내에서 보기 힘든 개심사의 명물 청벚꽃이 한눈에 마음을 사로잡는다. 청벚꽃만이 아니다. 왕벚꽃, 홍도화 등 온갖 꽃들이 눈이 시릴 정도라, 주말이면 상춘객들로 인산인해를 이루는 절. 다른 지역보다 열흘쯤 늦게 피어, 꽃놀이를 놓친 상춘객들에게는 더구나 고마운 곳이다. 휘어진 나무를 그대로 기둥으로 세운 자연상태의 모습은 이 절의 감상 포인트. 꽃더미를 뚫기 전 건너는 외나무다리에서 죄가 비치면 참배할 수 없다니, 행여나 겁이 나서 건널 수 있겠나.

비교 불가한
문수사의 왕벚꽃

　일주문에 들어서자 뜻밖의 무릉도원에 모두들 비명을 지르고 만다. 진홍의 연산홍과 어우러진 왕벚꽃들이 터널을 이루어 낙화를 밟고 가는 꽃길이 모두 포토 존이다. 개심사 옆에 있는 서산 문수사는 이렇게 또 다른 분위기의 꽃동산을 연출하고 있었다. 절이라야 별로 내세울 것 없는 자그마한 고려 옛 절이지만, 연분홍 왕벚꽃만은 비교 불가. 한창 자라고 있는 벚나무들이라 꽃은 더 왕성해질 터이니, 생각만 해도 아찔하다.

금지된 샹그릴라,
용비지의 비경

들을 가로질러 몇 구비 돌아가면, 자그마한 저수지가 숨어있다. 숨을 죽이며 먼동이 트기를 기다리자, 드디어 드러내는 저수지. 산벚꽃으로 덮인 산 그림자의 반영이 이렇게 신비스러울 수 있을까. 이곳은 서산시 운봉면에 있는 한우개량사업소. 방목지 안이라, 방역을 위해 철저히 관리되고 있는 츨입금지 지역이다. 그럼에도 불구하고 봄철만 되면, 전국에서 몰려드는 사진가들로 몸살을 앓고 있으니... 이때만이라도 특단의 대책을 세워 개방할 수는 없을까.

용비지 초원의
또 다른 비경

　햇살이 비치자, 초원은 생동하기 시작했다. 흐드러지게 핀 하얀 벚꽃이 푸
른 초원과 대조되어 눈부시게 화사하다. 쏟아질 듯한 벚나무들 옆에는 미루
나무들이 줄지어 서있고, 나지막한 구릉 위로 질펀하게 퍼진 초원. 꿈속에 그
리던 이상향이 바로 이런 곳 아닌가. 용비지 저수지 위에 숨어있던 또 다른
비경이 단번에 마음을 빼앗고 말았다.

한국의 최고 명소라는
진안 마이산

　세계적 여행안내서, 프랑스의 〈미슐랭 그린 가이드〉에 별 3개 만점으로 한국 최고의 명소로 소개된 마이산. 두 귀가 쫑긋한 산봉우리가 영락없는 말 귀의 형상이다. 암수의 부부 마이봉이 저수지에 비친 반영은 자연의 걸작, 벚꽃의 명소가 된 진입로는 상춘객들로 난리를 치르기도 한다. 산 안에는 이 갑룡 처사가 30년 동안 쌓은 돌탑이 신비롭고, 탑사 뒤 은수사에는 이성계가 왕의 꿈을 안고 기도할 때 심은 배나무가 지금도 우람하게 꽃을 피워 사람들을 놀라게 한다.

치유의 길로 떠오르는
12사도 순례길

신안 앞바다 다섯 개의 섬을 묶어 기점·소악도라 부르며 이어주는 12km의 순례길이 인기다. 밀물이 되면 사라지고, 썰물 때면 나타나는 노두길. 여성 순교자 문준경 전도사의 발자취를 따라 예수의 12제자 이름을 딴 예배당을 찾아가는 길이다. 국내외 설치 미술가들이 세운 앙증맞은 건물들은 묵상의 공간이 되기도 하고, 쉼터가 돼도 좋다. 평화로운 섬 풍경을 보며 걷는 순례길이 삶을 성찰하는 치유의 길로 떠오르고 있다.

바다 위의 비경,
거제도 해금강

　바다 위에 떠 있는 금강산이라 불릴 정도로 천혜의 비경을 자랑하는 거제
도 해금강. 전국에서 가장 아름다운 해안 경관이라고 뽐내는 국가명승 2호
다. 유람선이 돌 때마다 새로운 풍경을 보여주고, 좁은 해로를 지나며 감상하
는 십자동굴은 그중에서도 백미. 사자바위, 미륵바위, 촛대바위 등 수 만년
세월을 조각한 기암괴석과 쪽빛 바다가 안겨주는 비경은 절로 탄성을 자아내
게 했다.

요정이 절로 변한
아, 길상사

　천억 원이나 되는 큰 재산을 내놓다니 아깝지 않으냐는 기자의 질문에 그 사
람의 시 한 줄만도 못하다며 통째로 대원각을 시주한 김영한 보살. 그의 뜻을
받아 법정 스님이 장안에서 손꼽던 요정을 '맑고 향기로운 절'로 환생시킨 도량
이 길상사다. 동경 유학생 출신 신여성이 기생이 되어, 인텔리 시인 백석과 사
랑을 나누다가, 한국전쟁에 남북으로 갈라져 평생을 그리움 속에 살아온 여인.
요정 시절 그대로인, 솟을대문을 비롯해 조경이 뛰어나게 아름다운 뜰을 거닐
며, 한 여인의 비원이 서린 이 절이 부디 관광지가 아닌, 고뇌의 쉼터가 되기를
빈다.

뻘기꽃 춤추는
고즈넉한 염전 풍경

    증도의 염전 풍경은 치명적 유혹이었다. 붉은 함초밭에 하늘거리는 하얀 뻘기꽃. 빛바랜 소금창고 옆에 아스라이 늘어선 전신주들. 잠시 태어났다가 사라질 운명이면서 무엇이 그렇게 즐거운지 요란하게 춤을 추는 뻘기꽃을 바라보며, 인생의 한 단면을 보는 것 같아 애련함에 빠진다. 한국의 최대 천일염 생산지로, 염생식물이 갯벌에 물결치는 이 경이로운 풍경을 CNN에서는 한국의 비경 7순위로 꼽기도 했다.

석탄일에만 개방하는
문경 봉암사

　회양산 중턱에 있는 문경 봉암사는 한국 불교의 최고 수행도량으로 석탄일에
만 딱 한번 산문을 여는 서릿발 같은 선풍이 감도는 절이다. 1947년, 성철, 청담
스님 등이 중심이 되어 한국불교의 정화를 외친 봉암결사는 우리 불교사에 큰
획을 긋는 대사건. 조계종은 이곳을 특별 수도원으로 선포하고, 회양산 일대를
성역화했다. 마애불이 있는 백운대에서는 옥수가 철철 흐르는 천하비경도 볼
수 있는 곳. 점심공양을 위해 줄을 선 수많은 참배객들의 모습이 장관이다.

이국적 풍경이 매혹적인
신리성지

천주교 병인박해 때의 순교 유적지인 합덕 신리성지가 풍경이 뛰어나 명소로 떠오르고 있다. 습지공원에 세워진, 다블뤼 주교를 비롯한 다섯 성인의 이름을 딴 앙증맞은 경당에서 순례객들이 조용히 기도를 하고, 그 끝자락에 우뚝한 순교미술관의 소박미가 강렬한 인상을 준다. 옥상 전망대에서는 국내에서 쉽게 볼 수 없는 내포평야의 시원한 지평선도 감상할 수 있는 등 볼거리가 많지만, 경건해야 할 성지의 분위기를 깨, 수녀님들은 골머리를 앓고 있다.

세계인의 순례지,
솔뫼성지

　유네스코 세계기념인물로 선정된 한국 최초의 사제 김대건 신부. 그의 탄생지 합덕 솔뫼는 증조부로부터 본인에 이르기까지 4대의 순교자를 배출한, 세계사에 유래 없는 성지다. 신부생활 1년 1개월 만인 26세에 순교하기까지 뜨거운 삶의 원천이 되었던 이 작은 마을은 이제 신앙의 못자리가 되어 세계인의 순례지로 각광을 받고 있는 것. 솔향 짙은 아름다운 동산에 있는 생가며, 기념관, 예수의 12제자상이 둘러싼 아레나광장 등을 보면 마음이 절로 경건해진다.

한국에서 가장 아름답다는
공세리성당

한국에서 가장 아름다운 성당이라는 언덕 위의 빨간집 아산 공세리성당. 우람한 느티나무 뿌리가 풍상을 겪어온 이 성전의 역사를 말해준다. 해상과 육로를 연결하는 포구였던 이곳은 세곡을 저장하던 곡식창고였으나, 상처를 치유해주고, 영혼의 안식처로 진화해 아름다운 성전으로 발전한 것. 이 성당의 초대 프랑스 신부가 자기네 나라에서 배워온 기술로 신자들의 상처를 치료해준 것이 전파되어 유명한 이명래 고약의 발원지임을 아는 이는 드물다.

서해의 푸른 보석,
천리포 수목원

  1946년 연합군으로 한국에 왔다가 평생 독신으로 살면서 한국인보다 더 한국을 사랑한 미 해군 중위 출신 Carl Ferris Miller(1921~2002) 씨. 태안 해변의 17만 평이나 되는 불모지를 아시아 최초로 '세계의 아름다운 수목원'으로 만들어놓고 떠난 대한민국 첫 귀화인 민병갈 씨가 바로 그다. 미국에 홀로 남은 어머니가 보내준 노란 목련꽃이 피기를 기다리며 외로움을 달랬다는 푸른 눈의 한국인. 목련꽃 필 무렵이면, 천리포 파도소리에 실려 오는 그의 사모곡이 그리워, 세상에서 가장 아름답다는 그 수목원으로 마음이 달려간다.

바람과 파도가 만든 섬, 홍도

한국인이면 꼭 가보아야 한다는 바다의 보석, 홍도. 섬 전체가 기념물인 다도 해 해상 국립공원으로 해양관광의 메카다. 석양이 비치면 기암절벽으로 이루 어진 섬이 붉게 빛나 홍도라 부른다는 섬. 바다에 뜬 기암괴석은 어쩌면 저렇 게 기기묘묘한지... 파도와 싸우고, 바람에 맞서온 바위섬들이 짙게 낀 해무로 더 신비로워 유람선 관광 2시간 30분이 어떻게 흘러갔는지 모를 지경이었다.

이팝꽃 피면,
위량지로 간다

　　위량지는 신라 때 축조했다는, 천 년도 넘은 귀한 유적지다. 저수지 주변에
는 노거수들이 우거져, 밀양 주민들이 휴식처로 자랑하는 곳. 이팝꽃 피는
오월이면, 연녹색 신록과 어우러진 흰 꽃 풍경이 기막히게 아름답다. 저수지
가운데 있는 섬의 완자정은 그중에서도 압권. 보는 각도에 따라 달라지는 풍
광이며, 수면의 반영이 뛰어나게 아름다워, 사진가들이 불원천리 달려가는 곳
이다.

한강을 채색한
유채꽃 바다

수채화를 이처럼 아름답게 그릴 수 있을까. 질펀하게 펼쳐진 노란 유채꽃 밭 옆에 언뜻언뜻 보이는 푸른 한강. 흰 구름은 두둥실 하늘도 예뻐, 셔터를 누르면서도 가슴이 뛴다. 오월이면 꽃바다를 이루는 한강변 유채꽃은 이른 봄을 채색하는 제주도의 유채꽃과는 다르다. 푸르러 가는 신록 위에 쏟아진 노란 물감의 세례는 무르녹는 봄을 더 산뜻하게 해 주나니, 이웃사촌인 구리 시민공원 덕분에 서울사람들이 호사를 한다.

거칠고, 장엄한 섬,
울릉도

　같은 화산섬이면서 울릉도는 제주도와 판이하게 달랐다. 제주도가 여성적
인 초원의 섬이라면, 이곳은 남성적인 바위섬이었다. 백사장을 따라 얕게 펼
쳐지는 청옥빛 바다가 아니라, 급전직하의 심해와 맞닥뜨리는 검푸른 바다였
다. 암석을 깎아 만든 행남산책길은 울릉도의 이런 풍광을 가장 잘 보여주는
최고의 비경길. 바다에 빠질 듯이 곤두박질치다가도 가파르게 오르는 철판길
에 허덕이면서, 잠시도 곁눈을 팔 수 없는 비경의 오솔길이었다.

산책하며 즐기는
울릉도의 해상 풍경

　일주도로가 개통되면서 울릉도는 이제 옛날 울릉도가 아니었다. 때 묻지
않은 비경을 볼 수 있는 것은 여행객들에게 더구나 반가운 일. 그중에도 관
음도에서 삼선암까지 걸으며 바라본 바다풍경은 신비 일색이었다. 이 도로를
휭하니 차를 타고 지나는 것은 무모한 짓. 해상비경의 으뜸이라는 삼선암이
며, 변화무쌍하게 이어지는 바다 위의 절경을 보며 걸어가다 보면, 콧노래가
절로 나온다.

망망대해에 떠 있는
독도의 비경

　울릉도에서 쾌속선으로 1시간 40분쯤 달려간 독도는 첫눈에도 신비스러웠
다. 잠시 상륙해 있는데도 파도는 선착장까지 몰아쳤고, 검푸른 바다는 삼킬
듯 넘실댔다. 딱 20분 허락된 입도시간이라, 그래서 더 긴박했고, 벅찬 감격
으로 샷을 누르기에 바빴다. 주민과 경비대원, 등대원 등 30여 명이 마을을
이루고 있는, 망망대해 위의 어엿한 우리 국토. 두 개의 큰 섬과 크고 작은
암석들이 군락을 이룬 이 섬은 뜻밖에 바다 위의 비경이었다.

다도해와 동행하는
나로도 트레킹

나로우주센터로만 알았던 나로도는 관광지로도 손색이 없었다. 모든 섬들이 연륙교로 연결되어 다도해 복판의 섬까지 버스로 들어가고, 마을들도 깔끔해 기분을 상승시킨다. 삼나무가 빼곡한 숲에서 힐링도 하고, 적당히 스릴도 있는 봉래산 트레킹. 시야가 뚫릴 때마다 나타나는 다도해의 조망은 어느 섬에서도 볼 수 없는 장쾌한 풍광으로 모처럼 즐긴 멋진 트레킹 코스였다.

황매산에 펼쳐진
철쭉꽃 바다

장관이다. 우리나라 최대 철쭉꽃 군락지라더니, 사방이 모두 철쭉꽃 바다였다. 합천과 산청 경계에 있는 거대한 산이 온통 철쭉꽃으로 덮인 것. 산 중턱까지 버스로 올라가니 부담도 없어 주말이면 인산인해를 이룬다. 기암괴석이 어우러져 경관이 수려하고, 목장이었던 평원도 있어, 이국적 풍광이 매력적인 산. 가을이면, 언제 그랬더냐는 듯이 억새 군락지로 변해, 은빛 물결로 새로운 장관을 이루는 멋진 산이다.

철쭉꽃이 수놓는
덕유산의 오월

"산에는 꽃피네, 꽃이 피네/ 갈 봄 여름 없이 꽃이 피네// 산에 산에 피는
꽃은 저만치 혼자서 피어있네… 김소월의 〈산유화〉" 끝내 자연에 합일하지
못하고 '저만치' 떨어진 고독을 이기지 못해, 소월은 결국 요절한 것일까. 덕
유산은 철쭉꽃 피는 계절도 아름다웠다. 인기야 겨울철 설경이 최고지만, 연
녹색 산에 이따금 무더기로 핀 연분홍 꽃이 앙증맞게 예쁘다. 조망이 탁월한
여성적인 산이라, 힐링의 산행지로도 적격이다.

곳곳이 절경인
기암괴석의 주왕산

　　오월의 주왕산은 가을 못지않게 아름다웠다. 우람한 기암괴석과 여기저기서 만나는 폭포들, 연녹색 숲과 붉은 수달래, 주왕이 대왕기를 꽂았다는 전설의 기암도 볼수록 신기하다. 당나라 반정에 실패한 주왕이 이곳까지 피해 왔다가 쫓아온 마왕의 화살을 맞고 죽은 피가 주방천 계곡을 적시며 핀 꽃이라는 수달래. 그 원혼을 달래는 암자에선 지금도 목탁을 두드리고, 수달래 축제를 매년 여는 신비한 바위산이다.

오월의 수채화,
보성 녹차밭

　맑은 햇살이 넘실대는 이른 아침, 푸른 녹차밭을 따라 새싹을 따는 여인들의 모습은 오월에 만나는 아름다운 수채화다. 쭉쭉 뻗은 삼나무 숲속에 꿈결처럼 펼쳐진 산속의 초원. 푸른 융단을 깔아놓은 듯한 30여 만 평의 이랑은 인간 노작이 이룩한 경이로운 예술품이다. 그중에서도 풍광이 가장 뛰어난 대한농원은 어디에서도 볼 수 없는 이색적인 관광명소로 손색 없는 명품 녹차밭이었다.

잃어버린 왕도에는
작약꽃만 흐드러지고...

　잃어버린 조문국의 왕도였다는 의성에는 200여 기의 고분군이 나그네의 발길을 붙잡는다. 광장에 있는 1,600여 평의 작약밭에는 만개한 진홍빛 꽃이 푸른 초원 위에 장관을 이루고 있었으니... 〈삼국사기〉에 단 한 줄, 신라 벌휴왕 2년(서기 185) 복속되었다고 기록된 삼한시대의 조문국. 신라에 병합된 뒤에도 독자적인 문화를 꽃피웠다고 주장하는 이곳 향토 사학자들의 자부심처럼, 오월이면 작약꽃이 숨 막히게 피어난다.

한국의 세렝게티,
수섬의 석양

장관이다. 끝없이 펼쳐진 질펀한 갯벌에 일렁이는 하얀 삘기꽃. 바람이 불때마다 물결치는 군무가 감동적일 만큼 아름답다. 외딴 나무 한 그루 우뚝 선 것까지 어쩌면 그렇게 탄자니아의 세렝게티를 닮았을까. 석양빛에 물드는 대평원이 한 폭의 명화를 연상시킨다. 시화호 방조제로 육지가 된 이곳은 화성시 송산면에 있는 수섬이란 섬. 신도시 건설로 사라질 운명이지만, 5월이면 삘기꽃에 덮이는 풍경에 매료되어 수많은 사진가들이 달려가는 곳이다.

대관령 양떼목장

PART 2

정열의 계절,
여름

한국의 최고 오지,
삼척 덕풍계곡

골짜기에는 옥계수가 철철 넘치고, 기암괴석은 끊임없이 눈을 홀린다. 오지 트레킹의 진수를 맛볼 수 있는 곳이지만, 워낙 험한 코스라 엄두를 내지 못했는데, 데크길이 완성되고, 셔틀버스도 운행한다기에 반가워 따라나섰다. 청정 자연과 변화무쌍한 계곡미를 어느 곳과 비교할 수 있으랴! 우람한 제2 용소 폭포의 굉음소리에 무더위가 확 달아난다.

백두산,
그 야성의 파노라마

　백두산의 날씨는 도무지 종잡을 수 없었다. 지척을 분간할 수 없는 심한 안개가 요란한 광풍에 쫓겨가면서 드디어 하늘이 열리고 나타나던 천지. 찬란한 아침 햇살에 빛나던 신령스런 산상호수를 바라보며, 벅찬 감동에 빠졌던 그 순간을 잊을 수 없다. 하산 길에는 드넓은 백두산의 등허리가 잔잔히 펼쳐져 얼마나 또 신기하던지... 아직도 길가에 눈이 쌓였는데, 초원에는 노란 야생화들이 별처럼 반짝이고 있었다.

산철쭉이 바다를 이룬
한라산

한라산 산행은 감동의 연속이었다. 모처럼 화창한 날씨를 만나 연분홍 꽃 더미를 헤치며 오르던 일은 행운이었다. 세계자연유산으로 빛나는 한라산은 초여름이면 산철쭉꽃이 바다를 이루는 것. 영실까지 차량을 이용할 수 있어 옛날보다는 수월했고, 가파른 층계길이 있었지만 모두가 데크길이라, 웬만하면 이제 누구나 즐길 수 있는 친근한 산이 되어 있었다. 윗새 오름 전망대에서 바라본 질펀한 산상화원은 다시 생각해도 잊지 못할 감동이다.

보성 대원사에서의
템플 스테이

　산사의 하룻밤은 여정을 더 풍부하게 했다. 휴식형 템플 스테이는 예불 등
이 선택사항이고, 사찰의 법도만 지키면 돼, 여행길 숙소로 제격이었다. 전라
도 보성, 천봉산에 숨어있는 백제 옛 절 대원사. 1500년 만에 찾아온 손님이
라 더 반갑다는 현장 스님의 조크에 모두들 박장대소. 티벳에서 수도하고 돌
아와 세우셨다는 티벳박물관에서 독특한 문화도 체험해보고, 흐드러지게 핀
배롱꽃 밑에서 듣던 설법은 아침 햇살처럼 빛나는 추억이 되었다.

세계 제일의 비구니 대학,
청도 운문사

　노송들로 꽉 들어찬 진입로를 지나, 산속 분지 가운데 연꽃처럼 피어난 산사. 세계에서 가장 큰 비구니 대학 청도 운문사다. 심산유곡에서 전쟁도, 화재도 모르고, 1500년을 지켜온 절이라, 고색이 창연해 더 아름답다. 4년제 정규대학으로 2000여 명의 수도승을 배출한 이 대학은 지금도 수많은 어린 학승들이 중생의 구제를 위해 목탁을 두드리고 있는 것. 고려 충렬왕 때 일연선사가 주지로 있으면서, 〈삼국유사〉를 집필한 유서 깊은 절이기도 하다.

힐링의 명품 코스,
강릉 바다부채길

정동진 선 크루즈 주차장과 심곡항 사이에 조성된 2.86km의 바다부채길은 동해의 푸른 물결과 웅장한 기암괴석의 비경 속을 산책하며 볼 수 있는 천혜의 힐링 코스였다. 2300년 전 지각변동을 관찰할 수 있는 국내 유일의 해안 단구로, 사람은 물론 산짐승조차 발길을 들여놓지 못하던 곳. 아직도 엄연히 군 초소가 있고, 평창 올림픽을 앞두고 세계적인 명소로 만들려는 강릉시에서 이룩한 회심의 명코스지만, 노약자들에게는 입구의 긴 층계가 아무래도 부담이다.

비경의 초곡용굴
촛대바위길

　뛰어난 절경이지만, 접근할 수 없어 잘 알려지지 않았던 삼척의 초곡용굴 해안. 그 절벽을 따라 둘레길이 조성되어 관광객들을 유혹하고 있다. 초곡 촛대바위를 비롯해, 동해 푸른 바다와 어우러진 자연의 걸작품들을 보며 걷는 산책길은 잠시도 눈을 뗄 수 없는 비경의 길. 660m 해안길 왕복이라 부담도 없고, 출렁다리가 있어 스릴도 느낄 수 있다. 입구에는 자그마한 어항이 있어 해산물들이 또 발길을 붙잡는다.

최후의 원시림,
곰배령의 비경

　유네스코 보호림으로 지정된 한국의 마지막 원시림, 곰배령. 굉음을 내는 폭포 소리에 태고음을 느끼기도 하고, 기괴한 고목을 보며 신비감에 빠지기도 한다. 숲의 터널 끝에 갑자기 하늘이 뻥 뚫리며 불쑥 나타나는 초원. 해발 1100m 정상에 펼쳐진 5만여 평이나 된다는 평원에는 철따라 피는 야생화들이 꿈결처럼 너울대고 있었다. 어느 콧대 높은 여인이 이곳에 왔다가 발목이 잡혀 곰배령 사람이 되었다는 이야기를 들으며, 산나물을 뜯고 있다는 그녀가 뇌리에서 떠나지 않는다.

노고단 능선에
진군하는 사람들

역사의 아픔을 한 몸에 안고, 깊은 함묵으로 살아온 민족의 영산 지리산. 넉넉한 모성의 품과 장년의 사나이처럼 장대한 웅자가 굽이굽이 볼수록 느껍다. 푸른 하늘이 나타나는가 하면, 먹구름이 몰려오고, 한바탕 빗줄기가 요란하더니, 앞을 막는 구름뿐이다. 가늠할 수 없는 천지의 조화 속에 속수무책인 인간들. 능선 위로 진군하는 군상들이 그렇게 왜소할 수가 없다.

사량도의 명산,
지리망산 등반기

　　남해의 외딴 섬, 사량도. 험하기로 유명한 지리망산이다. 해발 400m에 불과
한 낮은 산이지만, 암릉미가 뛰어나고 조망이 탁월해 산악인들의 로망인 명산
이다. 안전시설이 잘 되어있다는 호들갑에 따라나섰더니, 가파른 오르막을 기
어오르는가 하면, 뾰족한 바위의 좁은 능선길은 밑을 보면 천 길 낭떠러지. 곳
곳이 절경이지만, 렌즈를 겨눌 경황이 없다. 돌아오는 배에서 어느새 안개 자
욱한 산을 바라보며, 어떻게 내가 저 산을 올랐던가, 다시 생각해도 끔찍하다.

태고의 신비,
무건리 이끼폭포

　해발 1244m의 육백산 깊은 골에 꼭꼭 숨어있는 이끼폭포. 덕지덕지 푸른 이끼가 낀 절벽 위로 쏟아지는 폭포가 태고의 신비에 젖게 해준다. 긴 장마 탓에 넘치는 폭포수로 이끼는 별로 보이지 않지만, 그래도 폭포는 수량이 많아야 제격. 3단 폭포 중에서도 으뜸인 제1폭포 앞에 서자, 요란한 굉음을 내는 위용에 빨려 들어갈 것 같다. 1960년대까지만 해도 호랑이가 출몰했다는 오지 중의 오지, 삼척시 무건리. 4km쯤 걸어 들어가야 하는 산길이 만만치는 않지만, 보상은 확실하다.

한국의 대표적 전통가옥,
강릉 선교장

　　300년의 역사와 전통을 이어가는 우리나라 대표적인 고택 강릉 선교장. 12개의 대문과 1003칸의 규모에 놀라지 않을 수 없다. 옛 생활용구와 빼어난 조경이 조선시대 상류주택 대표로 손색이 없다. 시인묵객들이 쉬어갈 수 있게 사교의 장을 제공했던 이 집에서 짧게는 1주일, 길게는 10년을 있다가 떠나도 돈을 받지 않고 써주는 글만 받았다고. 흉년이 들면, 이웃들에게 곳간을 개방했다는 인심이 지금도 전설처럼 회자되고 있다.

영남인의 기질이 깃든
예천 초간정

　선조 15년(1582) 초간 권문해 씨가 지었다는 예천의 초간정사는 영남인의 기질을 엿볼 수 있는 누각이었다. 금곡천이 휘돌아 흐르는 기암괴석과 어우러진 정자는 무성한 수림에 덮여 심산유곡에 들어온 듯. 임란과 병자호란 때 잇따라 불타 1870년에 다시 지었다는데, 밖에서 보나, 안에서 보나, 그 경치가 절경이다. 이곳에서 역사, 지리, 문학, 예술, 풍속 등 총 20권 20책의 방대한 백과사전을 편찬했다니, 그 시절에 놀라운 일이다.

전통 장류의 명소,
익산 고스락 농원

　장관이다. 국내 최대 규모라는 25000여 평의 소나무 정원에는 4000여 개의 전통 장류 항아리들이 꽉 차 독특한 풍경을 연출하고 있었다. 그 사이사이에는 예쁜 산책길이 마련돼 사진 찍기도 좋고, 전망대에 오르면 이런 멋진 풍경을 담을 수 있는 포토 존도 있다. 정원을 바라보며 건강음료를 마실 수 있는 분위기 있는 카페에는 유기농 생산품을 맛보며 구매할 수 있다. 입장료는 무료. 향토음식점도 갖추고 있는 익산의 명소다.

한국의 가장 아름다운 길,
문경 새재길

한국에서 가장 아름다운 길로, 한국인이 가장 가보고 싶은 곳 1등으로 뽑혔다는 문경 새재길. 영남에서 한양으로 올라가던 유일한 옛길로, 청운의 뜻을 품은 옛 선비들이 과거를 보러가던 길이기도 하다. 9km쯤 되는 평탄한이 길은 계곡과 녹음과 단풍이 아름답고, 수많은 전설과 유적과 민요가 전해 조상들의 애환을 느끼며 맨발로 걸어도 좋은 힐링의 흙길이다. 신·구 경상감사가 인수인계하던 교귀정 옆에는 길손에게 그늘을 만들어주며, 춤을 추는 듯한 낙락장송이 일품이다.

북한 땅이 코앞인 백령도의
이색적 풍광

　인천에서 여객선을 타고 4시간을 달려간 백령도. 삼청각 건너편으로 빤히
보이는 북한 땅이 마음을 착잡하게 한다. 활주로도 될 수 있다는 백사장이
신기하고, 유람선을 타고 본 두문진은 놀라울 만큼 웅장했다. 마침, 간조 때
가 되어 육로로 들어가 본 두문진은 백령도 풍광 중에서 가장 신비롭다는
곳. 선암대며, 신선대, 형제 바위 등은 명승 8호라는 말에 걸맞게 백령도 여
행의 하이라이트라 할 만했다.

탁족으로 유명한
대원사 계곡 트레킹

　사찰을 끼고 흐르는 지리산 계곡 중에서 대원사 계곡만큼 깨끗한 곳이 있을까. 지방문화재로 지정되었을 만큼 원시의 자연을 보여주는 이 계곡에 생태탐방로가 완성되면서, 피서를 겸한 지리산 풍광을 즐기려는 탁족 트레킹 코스로 인기를 끌고 있다. 주차장에서 대원사까지도 2km, 다시 유평마을 가랑잎초등학교까지 계곡을 따라가는 왕복 7km의 생태탐방로가 일품이다. 울창한 수림과 거대한 바위가 있는 탁족하기 좋은 계곡이라, 청정 옥수에 발을 담그고 앉았으니, 새소리, 바람소리, 신선이 따로 없다.

송강의 체취가 서린
담양 만수동 계곡

송강이 낙향하여 어린 시절을 추억하며 즐겼다는 지실리의 자그마한 만수
동 계곡. 여름이면 배롱꽃이 흐드러지게 피어 무릉계곡이라 부르는 비경지대
다. 그 계곡 입구에는 송강의 넷째 아들이 살았던 고색창연한 '계당'의 사랑
채가 남아있고, 계곡 위에는 계당의 주인 송강 16대손이 운영하는 '바람소리'
라는 예쁜 카페가 있다. 주변이 온통 배롱꽃으로 덮인 이 카페에 앉아 차 한
잔을 비우며 창밖을 바라보면 선경이 따로 없으니... 테라스로 일행 한 분이
나와 무등산을 배경으로 한 컷 찍어보았다.

한강의 낭만,
세빛 둥둥섬

석양이 내려앉는 한강은 감상에 빠질 만큼 아름다웠다. 반포대교 남쪽 한
강에 떠 있는 세빛 둥둥섬은 밤이 되면 현란한 조명으로 환상적인 풍광을 연
출하는 것. 빨간 비취 파라솔로 멋을 낸 튜브스터 보트를 운전하며 한강의
야경을 즐기는 물 위의 카페가 유혹하지만, 임대료가 만만치 않다. 반포대교
에서 연출하는 달빛 무지개 분수는 덤으로 구경할 수 있는 한여름 밤의 보너
스다.

수채화처럼 아름다운
경안천 풍경

　푸른 수틀에 그림을 그리듯 한가로이 백로들이 노니는 풍경이 한 폭의 수채
화를 연상시킨다. 팔당호로 흘러드는 경안천이 이렇게 멋진 풍경을 연출하고
있는 것. 봄이면 연둣빛 새 잎이, 여름이면 연꽃 피는 녹색 습지가, 가을이면
갈꽃과 억새풀이, 겨울이면 철새들의 군무가 장관을 이루는 곳. 광주시 퇴촌
에 있는 경안천 생태습지공원에 가면 호젓한 산책도 즐길 수 있고, 그 둑방에
서 이런 멋진 풍경을 감상할 수 있다.

서동의 로맨스로 유명한
부여 궁남지

　백제 무왕 때 만들었다는, 서동과 선화공주 사랑의 전설로 유명한, 우리나라 최초의 인공호수 궁남지. 백제의 뛰어난 조경술을 보여주는 이 유적은 일본 조경문화의 원류가 되었고, 이곳을 보고 간 신라 문무왕이 서라벌에 월지(안압지)를 만들기도 했다. 일부 복원한 것이 이 정도라니 당시 백제의 국력이 얼마나 대단했을까. 여름에는 연꽃 축제로, 가을에는 국화 전시회로 늘 발길을 잡는, 서동의 로맨스처럼 낭만적인 곳이다.

하이원 리조트에 펼쳐진
들꽃의 향연

　장관이다. 6월의 경치로 이만한 곳이 또 있을까. 프랑스 들국화와 동양의 섬국화를 교배시켜 탄생했다는 구절초 비슷한 하얀 데이지꽃. 강원도 정선에 있는 하이원 리조트에서는 스키장 슬로프를 따라 펼쳐진 질펀한 데이지꽃이 백두대간 산자락을 비경의 꽃밭으로 만들어 놓았다. 슬로프마다 이런 들꽃의 향연이 겨울철 스키와는 또 다른 즐거움으로 여름철 나들이객들을 황홀케 하는 것이다.

다도해를 정원으로 삼은
비경의 문수암

　삼국시대부터 해동의 명승지로 화랑도들이 심신을 수련했다는 고성 무이
산. 산기슭에 얹힌 문수암은 기암절벽이 병풍처럼 둘러싼 비경의 암자였다.
이곳에서 수도한 청담 스님 사리탑 앞은 조망이 특히 뛰어나 한눈에 다도해
의 섬들이 굽어보이고, 우뚝 선 금동약사보살상이 광대한 한려해상 풍경에
악센트를 찍은 것처럼 기막히다. 한때 전두환 전 대통령의 유배지로 백담사
대신 검토되었다는 보현사 약사전의 불상이다.

남해의
파라다이스 독일마을

　남해군에서 자연경관이 가장 뛰어나다는 독일마을. 뒤로는 푸른 산을 업고, 앞은 남쪽 바다, 주황색 지붕의 흰 건물들이 녹색 숲과 어울려 더 산뜻하다. 파독 광부들과 간호사들이 노후를 보내기 위해 세운 이상적인 마을이지만, 사정은 다른 모양. 대중교통을 비롯해, 의료시설, 문화시설도 없고, 관광객들만 들끓어 살기 불편해 대부분 떠났다고. 건너편에는 원예예술촌도 있어 엉뚱하게 이곳은 관광지가 된 느낌이었다.

아름다운 전통마을,
아산 외암리

　예안 이씨 집성촌인 아산 외암리 마을. 우리네 삶의 원형을 고스란히 지키며 사는 자그마한 농촌마을이다. 옥답을 감싸며 이어지는 돌담길이 서로 엇갈려 엿장수도 길을 잃고 헤매겠다. 앵두 익어가는 담장 안에서 들려오는 청아한 다듬이 소리에 이마를 얻어맞던 추억이 떠오르고, 농주를 반주 삼아 먹는 시골밥상이 오랜만에 꿀맛이다. 아, 우리의 고향이 여기 있구나. 볼수록 마음이 편안해지는 정다운 마을이었다.

두물머리에서
두물머리가 그립다

남한강과 북한강이 만나는 수려한 강변의 둥구나무 밑. 두 물이 한 몸이
되는 강물처럼 변치 말자고 연인들이 사람들의 눈을 피해 밀어를 나누던 곳
이었는데, 세미원과 연결되면서 관광지처럼 번잡해지고 말았다. 아늑한 시골
정취를 느끼며, 고즈넉한 분위기를 즐길 수 있는 그런 보석 하나쯤은 남겨놓
을 수 없었을까. 황포돛대 위로 지는 노을을 감상하며 애상에 젖던 지난 시
절의 한적한 두물머리가 그립다.

국가 명승으로
지정된 제천 의림지

아득한 삼한시대의 수리시설로 지금도 여전한 제천 의림지. 신라 때 우륵이 처음 둑을 쌓았다는 곳으로 충청도를 호서라 부르는 것이 이 저수지의 서쪽이란 뜻에서 유래되었을 만큼 유서 깊은 저수지다. 200~300년 된 소나무와 버드나무 등이 어우러져 절경을 이뤄, 예로부터 시인 묵객들이 풍류를 즐기던 곳. 지금은 국가 명승으로 지정된 제천 제1경으로 시민들의 휴식처가되었다. 횟감으로 일품인 빙어는 이 저수지의 특산품으로 유명하다.

영국 여왕도 다녀간
안동 봉정사

　엘리자베스 영국 여왕도 방문해 예사로 보이지 않더니, 봉정사를 비롯한 산사 7개가 유네스코 세계문화유산에 선정되었다. 고려 말 중창된 극락전은 우리나라에서 가장 오래된 목조건물로 대웅전과 함께 국보로 지정되고, 갖가지 형태의 전각도 둘러볼 수 있는 고건축의 박물관이라 할 만한 절이다. 특히 그 옆에 노송 한 그루를 중심으로, 비탈진 산등 그대로 지은 영산암은 서정미가 뛰어난 암자로 놓치지 말아야 한다.

혼자만 알고 싶은 절,
완주 화암사

협곡 사이 절벽을 휘감고 좁은 산길을 타고 오르면, 뜻밖에 폭포가 쏟아지고, 하늘과 맞닿은 산마루에 꽃처럼 앉아있는 절, 바로 화암사다. 퇴락한 널빤지 표지를 보고, 꾸역꾸역 올라가 만나는 무채색의 우화루, 한때는 설총이 공부하고 원효와 의상이 수도를 한 유서 깊은 절이지만, 이렇게 험한 곳에 누가 참배를 다닐까. 신도가 없으니 스님도 오지 않아 몇 년 째 노스님이 지키고 있는 가난한 절이지만, 고색창연한 모습이 마음을 편안하게 해, 감춰두고 혼자만 다니고 싶은 비밀의 절이다.

진경 산수화의 발원지,
내연산의 비경

　해발 930m에 불과한 자그마한 산이지만, 기암괴석이 웅장하고, 우람한 계곡에 줄줄이 12개의 폭포가 이어지는 이렇게 멋진 산이 또 있을까. 겸재 정선의 진경산수화 발원지라는 포항 내연산은 경북 8경에 꼽힐 만한 절경의 산이었다. 깎아지른 듯한 절벽 한 귀퉁이에 쏟아지는 관음폭포와 그 위에 있는 연산폭포는 그중에서도 대표적인 비경지대. 비가 개이면서 피어오르는 물안개와 어우러지는 환상적인 풍경에 숨이 멎을 지경이다.

낭만이 넘치는
동화의 나라 남이섬

　청평호 위에 가랑잎처럼 떠 있는 동화의 나라 남이섬. 나미나라공화국으로 떠나는 배를 타면서부터 싱글벙글 들뜬 기분이다. 14만 평의 잔디밭에 펼쳐진 아기자기한 정원과 숲은 세계인이 사랑하는 청정 관광 휴양지. 기적소리 울리는 꼬마열차를 타고 동심에 빠지기도 하고, 연인끼리, 또는 친구들끼리 호숫가 예쁜 펜션에서 낭만의 밤을 보내며, 물안개 피어오르는 새벽 경치에 감격하기도 한다.

대관령의 명품 목장,
에코 그린 캠퍼스

　바라만 보아도 시원한 에코 그린 캠퍼스. 굽이굽이 물결치는 먼 산들, 시야
가 탁 트이는 푸른 초원, 능선을 따라 빙글빙글 도는 은빛 날개의 가물가물
한 풍력발전기, 찌들었던 가슴을 확 풀리게 하는 옛 삼양 목장은 춘하추동
아름다운 대관령의 보배다. 초원에서 풀을 뜯는 젖소들의 평화로운 모습을
보면, 덩달아 마음도 평화로워지는 것이다.

바람의 언덕,
매봉산 고랭지 채소밭

장관이다. 날이 새며 나타난 광활한 채소밭에 입이 떡 벌어진다. 산등성이
마다 녹색 카펫을 깔아놓은 듯 질펀하게 펼쳐진 놀라운 풍경. 해발 1250m
고지의 매봉산 주변이 온통 이런 고랭지 채소밭이다. 곡괭이 하나에 희망을
걸고 화전민들이 일궈놓은 경이로운 풍경을 감동 없이 바라 볼 수 없는 것이
다. 이제 여름철이면 삼수령에서 태백시가 운영하는 셔틀버스를 타고 관광객
들도 갈 수 있는 명소가 되었다.

서원 건축의 백미,
안동 병산서원

　자연과 합일한 이상적인 배움터로 서원 건축의 백미를 보여주는 병산서원. 서애 류성룡(1542~1607) 선생의 위패를 모시고, 그 뜻을 건학이념으로 삼은 이 서원은 부시 대통령도 다녀갔을 만큼 아름다운 조선시대의 대표 사학이다. 선비정신의 표상인 배롱꽃 필 때가 가장 뛰어나, 그 꽃 너머로 흐르는 청산 밑의 낙동강이며, 질펀한 백사장. 그 위 푸른 하늘까지 모두를 서원의 뜰로 끌어들인 만대루를 보면, 선비의 호연지기를 이렇게 길렀구나, 경탄하지 않을 수 없다.

낭만의
청풍호 유람

　바다처럼 넓은 호수에서 수려한 풍광을 감상하며, 전설의 단양 8경을 감상하는 청풍호 유람은 낭만적이었다. 기암괴석의 경관이 뛰어나 국가 명승으로 지정되었다는 옥순봉이며, 거북이를 닮았다는 구담봉의 신기한 모습 등을 바라보며, 북새통인 관광지보다 한가롭게 즐길 수 있는 힐링여행이라 더 좋았다. 퇴계와 두향이 나눈 사랑 이야기는 청풍호 유람에서나 들을 수 있는 보너스. 한국에서 가장 아름다운 다리로 뽑히기도 했다는 먼 옥순대교가 한 폭의 그림이다.

산악 해상공원으로 유일한
금산 보리암

천태만상의 기암괴석과 울창한 숲. 바다와 절묘한 조화를 이루는 남해의 금산과 보리암. 한려해상공원 중 유일한 산악공원으로 바다에서 솟구치는 일출의 장엄함에 말할 수 없는 환희를 느낀다는 곳이다. 이성계가 100일 기도 후 왕이 되어, 비단으로 감싸준다고 비단 '금'자 금산이라고 개명했다는 국가 명승. 절벽에 얹혀있는 보리암은 우리나라 3대 기도도량으로, 영험이 뛰어나기로 유명해 참배객들의 발길이 끊임없는 절이다.

상주의 명품 피서지,
장각폭포

요란한 폭포소리가 귀창을 때리는가 싶더니, 산, 노송, 정자, 폭포가 어우러진 풍경이 한 폭의 그림이다. 그 밑에서 물놀이하는 피서객들, 얼마나 신이 날까. 속리산 제일 높은 천왕봉에서 발원한 물줄기가 장각동 계곡을 굽이쳐 흘러 깊은 연못을 만들며 쏟아지는 장각폭포, 장관이다. 그 이웃에는 보랏빛 맥문동꽃이 물결치는 유명한 상오리 솔밭까지 있어, 여름철 명품 피서지로 손색이 없었다.

충혼의 절,
밀양 표충사

　충혼의 넋이 타오르는 것인가, 절은 온통 배롱꽃으로 붉게 물들어 있었다. 나라를 구한 장한 뜻을 표창해 이름도 어명으로 표충사라 개명한 절. 재약산 을 병풍처럼 두른 이 절은 한 여름 뙤약볕에 피어나는 배롱꽃처럼 범접할 수 없는 기품을 풍겼다. 임란 때, 큰 공을 세운 사명대사를 비롯해, 서산, 기허대 사를 기리기 위해 사명대사의 고향인 이곳 사찰에 영정을 봉안하고, 제례를 지 내왔던 것. 지금도 매년 추모제를 올리고 있는 경관 수려한 신라 대찰이다.

새 관광지로 떠오르는
강진 남미륵사

　전통사찰과는 분위기가 다른 강진의 남미륵사. 동양 최대라는 아미타좌불
상이며, 30여 채의 가람을 비롯한 돌탑들이 가득한 제법 웅장한 절이다. 지
나친 석물로 세련미는 떨어져도, 25만 평이라는 넓은 대지에 1000만 그루의
철쭉꽃을 심어 봄 경치가 장관이라고. 배롱꽃 붉게 핀 여름철의 풍경도 무아
지경이었다. 연꽃방죽 뒤로 보이는 정사도 이국적 풍경으로 눈길을 끈다.

성주의 멋,
보랏빛 맥문동 물결

무더위가 기승을 부리면 떠오르는 여름 꽃 맥문동. 낱개로 있으면 볼품이 없지만, 무리지어 일렁이는 모습은 일품이다. 치수용으로 심었다는 성문 밖 300~500년 된 버드나무 군락. 덕지덕지 이끼 끼어 용트림하는 모습도 장관 이지만, 그 노목을 둘러싸고 물결치는 보랏빛 풍치가 독특하다. 한약재로 쓰여 수익도 나고 꽃도 즐기며 전국의 사진가들을 불러들이니, 꿩 먹고 알 먹고, 성주 사람들 재주도 좋다.

배롱꽃의 명소,
담양 명옥헌

    배롱꽃이 아름답기로 담양의 명옥헌만한 곳이 있을까. 사각의 전통 연못을 둘러싼 수십 그루 노목의 꽃이 절정으로 치달을 때의 화려함은 상상을 초월한다. 조선 중엽 문신, 오희도(1583~1623)가 자연을 벗 삼아 살던 곳에 그의 아들 오이정이 1625년 선친을 기려 만든 정원이다. 인조대왕이 대군시절 반정에 동참을 권하며 세 번이나 찾아왔던 곳으로, 훗날 이곳의 아름다움에 경탄한 송시열 선생이 명옥헌이란 편액을 남겨 놓았다.

여름 청량산의
선경에 빠지다

기암괴석이 치솟은 수려한 산세와 낙동강의 푸른 물줄기가 휘돌아 흐르며 절경을 이루는 봉화 청량산, 육육봉이라 불리는 12봉우리가 연꽃처럼 둘러싼 한가운데에는 원효대사가 세운 청량사의 목탁소리가 천 년 내내 퍼지고 있다. 퇴계 이황은 이 산에 매료돼 수많은 시문을 남겼고, 후학들이 그 자취를 찾아 성지처럼 순례했다는 산. 물안개 피어오르는 봉우리를 바라보며, 신령스런 청량산의 선경에 한동안 마음을 빼앗긴다.

한탄강의 비경,
철원 고석정

　현무암이 협곡을 이룬 천인단애의 장관이며, 주상절리가 산재한 특이한 지형을 갖춰 유네스코 세계지질공원으로 등재된 한탄강. 새로운 관광지로 주목받으며 그 계획도 웅대하다. 기괴한 협곡 사이로 흐르는 고석정은 그중에서도 으뜸으로 치는 비경. 신라 진평왕 때 정자를 짓고, 고려 충숙왕도 유람했다니 예로부터 명승지로 꼽혔던 곳이다. 임꺽정이 은거했다는 전설을 떠올리며 유람선을 타고 즐겨도 좋고, 여름철 래프팅의 명소로 인기를 끌고 있다.

세계적 관광 명소라는
창선·삼천포대교

 남해와 창선도, 삼천포를 잇는 창선·삼천포대교는 3개의 섬을 연결하는 5개
의 다리로, 다리의 전시장이라 할 만할 세계적으로도 보기 드문 관광명소라
는 것. 다도해의 수려한 풍광과 함께 '한국의 아름다운 길' 대상에 뽑히기도
한 3.4km나 되는 이 다리를 케이블카를 타고 구경하는 것도 또 하나의 명품
관광. 그러나 주말이면 몰려드는 인파로 케이블카는 탈 엄두를 못 낸다.

호국정신을 일깨우는
비운의 남한산성

　오천 년 역사를 통하여 병자호란만큼 치욕스러웠던 일이 또 있을까. 남한 산성에서 청나라군에 포위되어 결사 항전했지만, 47일 만에 적장 앞에 무릎을 꿇고 꽁꽁 언 논바닥에 이마를 찧으며 항복했다는 인조대왕. 생각할수록 비통한 일이다. 백제 때 축조된 이래, 인조 때 대대적으로 개축한 이 성은 유네스코 세계문화재로 등재, 시민들의 아름다운 휴식처가 되었지만, 숲과 계곡에 깃든 슬픈 역사를 생각하면 마음이 숙연해지지 않을 수 없다.

다이버들의 천국,
비경의 능파대

강원도 고성군 문암 2리. 자그마한 문암항 옆에는 능파대란 기이한 바위가
숨어있다. 바위에 올라 바라보는 경관도 끝내주지만, 바위 자체가 신기해 비
경 일색. 바닷물의 염화작용으로 타포니 현상을 일으켜 숨벙숨벙 구멍이 뚫
리기도 하고, 기기묘묘한 형태들이 산재해 시선을 끈다. 배낚시로도 유명한
어항이지만, 수심이 깊고 맑아 스킨 스쿠버들에게 인기, 다이빙대를 설치하
고 인어석상을 가라앉혀 놓는 등, 스쿠버들의 천국이 되었다.

서해 최북단 비경의 섬,
대청도

　인천 연안부두에서 여객선을 타고 3시간 30분을 가면 닿는 대청도는 뜻밖에 아름다운 섬이었다. 숲으로 꽉 찬 이 섬은 기암괴석으로 절경을 이루고, 고운 백사장에 맑은 바닷물은 뛰어들면 모두가 해수욕장이었다. 홍어 어획량이 흑산도를 제칠 만큼 어족도 풍부하고, 서해5도 중 경치며 먹거리가 첫째인 것을 어찌 몰랐을까. 산속을 뚫고 가는 트레킹 코스로 비경을 즐기며 전망대에 오르자, 서해의 거친 바람을 막아준다는 서풍받이 절벽이 놀라울 만큼 웅장하다.

광대한 미륵사지에서
백제의 영화를 그리다.

　백제 무왕 2년(639)에 창건했다는 익산 미륵사의 절터다. 이 광대한 벌판에 우뚝했던 동양최대의 탑과 전각 3채가 나란히 있는 독특한 구조의 가람배치를 상상하며, 덧없이 무너진 백제의 영화에 마음이 쓸쓸해진다. 20년 공사 끝에 해체 복원한 이 석탑은 훼손 당시의 모습대로 남겨놓아, 후대에 고증이 확실해지면, 다시 공사할 수 있도록 배려한 국보 11호다. 오른쪽 동탑은 맞은편 서탑의 위용을 상상할 수 있도록 복원한 9층 석탑으로 유네스코 문화재에 똑같이 등재된 귀한 백제 유적이다. 야간에는 조명으로 황홀의 극치를 보여준다.

한국 정원 문화의 정수,
소쇄원

　물도 소쇄(기운이 맑고 깨끗하다는 뜻), 공기도 소쇄, 사계절의 정취도 소쇄, 모든 것이 소쇄하다는 조선시대의 대표 원림 담양 소쇄원. 스승 조광조가 사화에 얽혀 사약을 받자, 낙담하고 귀향해 세운 양산보(1503~1557)의 별서다. 원림을 가로지르는 계곡 사이로 자연을 그대로 옮겨놓은 탁견이 놀랍다. 면앙 송순, 하서 김인후 등이 드나들며, 호남 사림 문화를 이끈 교류처가 되었던 곳으로 한국 전통정원의 모습을 가장 잘 보여주는 곳. 이런 풍류생활을 할 수 있었던 옛 님들이 오히려 부럽다.

마산의 새로운 명소,
저도 콰이강의 다리

　　1987년 건설된 마산의 구복리와 저도를 잇는 다리가 영화 〈콰이강의 다리〉를 닮았다고 철거하지 않고 리모델링한 것이 관광명소가 되었다. 시원한 바다전망도 좋은데다가 바닥에 투명유리를 깔고, 밤이면 Led조명으로 은하수 길을 만들어 감성을 자극한 것이 관광객들을 열광하게 한다고. 1달, 1년 뒤 배달되는 빨강 우체통도 만들어 놓고, 사랑의 열쇠도 설치해, 주말이면 수천 명의 관광객들이 찾아올 정도로 인기라니, 명소도 만들기 나름이다.

PART 3

성숙의 계절,
가을

보길도의 가을 아침

구수천 팔탄의
장엄한 가을

장관이다. 계곡을 감싼 불타는 단풍에 벌린 입을 다물 수가 없다. 첩첩이 쌓인 우람한 협곡이 우리나라에도 이런 산세가 있었던가 싶다. 상주의 옥동서원에서 영동 반야사까지 여덟 번 휘어진다는 구수천 팔탄 계곡. 절 뒤 문수전에 올라 바라본 만추의 풍광에 넋을 잃고 마는 것이다. 구수천 팔탄의 옛길은 아는 사람이나 찾아가는 비경의 트레킹 코스. 세조가 피부병을 고쳤다는 절벽 밑 청정계류는 절 앞에 이르러 습지를 이루며, 원시의 신비를 보여주기도 한다.

고즈넉한 치유의 풍경,
안동 고산정

　　바라만 보아도 평온해지는 안동 고산정. 시간이 멈춘 듯한 강물과 산 그림자가 마음을 치유해주는 것 같다. 청량산 기슭 가송리 협곡 절벽 밑에 있는 이 정자는 퇴계의 제자로 임란 때 의병장이었던 금난수(1530~1599)가 세운 것. TV 드라마 〈미스터 선 샤인〉 촬영지로 방영되면서 세상에 알려진 비경이다. 여름철에는 래프팅의 명소로 소란스럽다는데 고즈넉한 풍경이 잘 유지되면 좋겠다.

봉평에
메밀꽃이 피면

　　메밀밭 위에 소원을 담은 풍등이 밤하늘을 화려하게 수놓고 있다. 소금을
뿌린 듯 하얀 메밀꽃들이 흐드러지게 핀 산길. 효석은 이 소설을 통하여 아
련한 고향으로 우리를 초대해 주고, 봉평을 아예 메밀의 고장으로 만들어 놓
았다. 축제가 대체로 그렇긴 하지만, 너무 마케팅에 흐르는 것은 아닐까. 효석
의 서정을 욕되게 하지는 않는지 아쉬운 마음 없지 않다. 메밀음식 하나만이
라도 제대로 맛볼 수 있는 정감 있는 축제가 그립다.

법성포 물돌이의
수려한 가을 풍경

　누렇게 익어가는 황금 들녘을 휘감아 도는 와탄천의 유연한 곡선미. 오랜 세월 바닷물이 드나들며 법성포에 이렇게 멋진 물돌이를 만들어 놓았다. 물이 빠지는 시간대라 볼품은 덜 하지만, 그래도 정겨운 우리네 포구. 굴비의 고장 법성포의 수려한 풍광도 눈길을 끌고, 인도승 마라난타가 불교를 전파하러 백제에 들어왔던 칠산바다도 빤히 보인다.

남종화의 산실,
진도 운림산방

　조선시대 남종화의 대가 소치 허련(1808~1893) 선생이 그림을 그리며 생활한 한국화의 산실이다. 생가와 연못, 기념관, 정원 등이 주변 산세와 어우러져 한 폭의 그림처럼 아름답다. 계절에 따라 변하는 경치가 뛰어나 영화 촬영지로도 인기 있는 곳. 이름처럼 운무가 깃들 것 같은, 이만한 화가의 유적지를 가진 것은 우리의 자랑이 아닐 수 없다.

그리움에 붉게 타는
불갑사의 꽃무릇

　　인도의 승려 마라난타가 창건했다는 우리나라 최초의 절, 불갑사. 붉은 꽃술
로 짠 카펫을 밟고 소리 없이 온 가을을 맞아 꽃불에 놀란 사람들이 비명을 지
른다. "스님을 사랑한 처녀의 넋이라고도 하고/ 횃불을 들고 돌부처 앞에 섰던
동학의 함성이었다고도 하고/ 불갑산 골짜기로 끌려와 생매장 당한 산 사람들
의 비명이었다고도 하고… 이형권의 〈불갑사에서〉" 50만평이나 되는 절 주변이
온통 붉게 물든 불갑사는 이제 꽃무릇을 빼고 생각할 수 없게 되었다.

인기 관광지가 된
대청호반 청남대

　　대통령 별장이 공개되어 관광명소로 인기를 끌고 있는 대청호반의 청남대. 당시 경호실장이 6개월 만에 완공해 대통령이었던 전두환에게 바쳤다는 일화는 유명하다. 철따라 변하는 아름다운 천혜의 자연환경과 뛰어난 조경이 어우러져 감탄을 금치 못하게 하는 것. 이 별장의 특별한 내력과 함께 보기 드문 대통령 테마 관광지라, 이목을 더 끄는 것 같다.

물안개 피어오르는
옥정호의 선경

　아침 햇살을 받아 호수면에서 아지랑이처럼 피어오르는 물안개가 신선이
노니는 곳처럼 선경을 연출하고 있다. 섬진강댐이 축조되면서 생긴 임실군 협
곡에 있는 옥정호. 붕어를 닮았다는 붕어섬이 봄, 가을이면 심한 일교차로
물안개가 피어올라, 한 폭의 아름다운 수묵화를 만드는 것이다. 호수 주변에
조성된 물안개길 13km는 이 멋진 풍경을 즐기며 달릴 수 있는 환상의 드라
이브 코스다.

꿈의 미술관,
구룡산 뮤지엄 SAN

세계 어디에서도 볼 수 없는 꿈의 미술관이라고 영국 〈파이낸셜 타임스〉가 극찬한 원주의 뮤지엄 SAN. 세계적인 건축가 안도 다다오와 설치 미술가 제임스 터렐이 설계하고, 한솔제지 창업주 故 이인희 씨의 집념으로 완공한 예술의 정원이다. 오크밸리 골프장 옆, 풍광 수려한 구룡산에 터 잡고, 대자연을 캔버스로 끌어들인 이 광대한 미술관은 현대인이 갈망하던 힐링의 쉼터로, 바라보는 산과 물도 한 폭의 그림이다.

고향과 화해한
통영 박경리기념관

　갈 곳도 많은 통영이지만, 박경리 기념관이 우정 발길을 끈다. 소설 〈토지〉
로 현대문학사에 금자탑을 세웠으나, 불우했던 성장기에, 6·25로 청상과부가 되
고, 어린 아들까지 잃은데다, 온갖 험구로 상처받은 고향. 다시는 고향 땅을 밟
지 않겠다며 떠났으나, 통영 시민들의 염원으로 50년 만에 찾아왔었다. 그날 묵
은 농원 펜션에서, 죽으면 이런 곳에 묻히고 싶다는 말을 들은 주인이 흔쾌히
희사해 마련한 묘지에선 통영 앞 바다가 훤히 보여 그를 반겼다. 그 아래에 세
운 정갈한 기념관이 마음을 더 애틋하게 한다.

가슴으로 밟고 가는
지리산 둘레길

　길을 걷는다. 전라도 남원 땅 인월에서 경상도 함양의 금계로 넘어가는 50
리 길. 곶감이 나보다 무서운 놈인가 보다고, 할머니 얘기를 엿들은 호랑이가
도망친 산길도 걷고, 정든 집을 떠나는 두려움에 눈물지며 시집가는 새 색시
가 꽃가마창으로 내다보던 오솔길도 걷는다. 새참밥을 이고 가는 엄마보다
쪼르르 코흘리개가 앞장서던 들길도 바라보며, 휘어이 휘어이 또 걷는다. 경
상도 사람은 서쪽으로 오고, 전라도 사람은 동쪽으로 가고... 인생이 바로 길
이 아니던가. 눈인사를 나누며, 휘어이 휘어이 걷는다.

감성을 자극하는
정읍 구절초 축제

　아련한 가을의 추억과 감성을 불러일으키는 10월의 꽃 구절초. 그 구절초
가 꽃동산을 이루는 정읍시 산내면 솔숲 테마 공원에서는 해마다 구절초 축
제로 성황을 이룬다. 구절초만 있는 것이 아니다. 추령천이 휘돌아 흐르는 만
경대라는 천혜의 풍광을 배경으로 코스모스며, 해바라기며, 노랗게 물든 논
과 빨간 감들이 가을 정취를 북돋아 나들이객들은 가을의 낭만에 대책 없이
빠져드는 것이다.

아름다워서 외로운 섬,
관매도

　다도해 국립공원에서 가장 아름다운 섬으로 뽑히기도 하고, 명품마을 1호로 지정되기도 했던 관매도. 팽목항에서 떠나는 이 섬은 세월호 참사 후, 관광객들이 많이 끊어져 적막감만 돈다. 마실길을 따라가면, 산재한 비경으로 잠시도 눈을 뗄 수 없지만, 보아주는 이 없으니 더 외롭다. 2km가 넘는 백사장에는 300년 이상 된 노송이 3만여 평이나 우거져 여름 피서 해수욕장으로도 그만인 섬. 무엇보다 때 묻지 않은 인심이 돋보이는 정갈한 섬이라 더 정이 갔다.

축서사에서 바라본
감동의 석양

　유복한 가정의 장남으로 태어나 서울대학교를 졸업하고, 인생에 회의를 느껴 입산했다는 무여 스님. 행방불명된 아들을 찾는 부모 심정이 어떠했을까. 오대산에서 용맹정진하다가 폐허된 이 절을 만나, 물려받은 유산을 쏟아 세웠다는 절이 봉화에서도 오지에 있는 이 축서사다. 길을 넓히고, 축대를 쌓으며, 현대 한국 건축미로 가장 아름답게 지었다는 절. 문수산 높은 언덕에 있어 일망무제로 펼쳐지는 장쾌한 소백산의 산봉들이며, 날아갈 듯한 절집의 지붕선에 내려앉은 석양빛을 감동 없이 바라볼 수가 없다.

황금빛 노을이 타는
순천만 S라인

　남도의 끝자락 순천만은 사진가들의 발길이 끊이지 않는 곳이다. 세계 5대 습지로 꼽힌다는 넓은 갯벌과 질펀한 갈대밭이 매력적이지만, 해질녘 황금빛 수로가 S라인을 그리는 풍경은 어느 곳에서도 볼 수 없는 감동이다. 1km 남 짓 산길로 올라간 용산전망대에서 바라본 노을은 환상 자체였으니, 황금빛 노을을 담고 S라인을 그리며 흐르는 물길. 고깃배도 덩달아 S라인을 그리며 한 편의 시를 쓰고 있었다.

한국의 갈라파고스,
굴업도

　우리나라에 이런 섬이 있었던가 싶어 깜짝 놀랐다. 기암괴석이 해안을 누비고, 인적 없는 백사장이 눈을 홀리는가 하면, 푸른 초원이 망망한 바다를 향해 달리는 서해 외딴 섬. 인천에서 덕적도를 거쳐, 다시 쾌속선으로 갈아타고 한 시간쯤 더 가야하니, 만만한 코스는 아니다. 대기업 CJ에서 매입, 몇 가구만 남고 모두 떠나버려 무인도처럼 텅 비게 되었지만, 천혜의 비경이 산재한 섬에는 온갖 동식물만 자라고 있어, 한국의 갈라파고스라 할 만했다.

한려수도의 보석,
소매물도

　3000여 개의 우리나라 섬 가운데 가장 아름답다는 한려수도의 보석, 소매
물도. 쪽빛 바다와 푸른 초원, 가파른 해안절벽을 따라 수직으로 갈라진 암
석들이 아름다움의 극치를 보여준다. 2개의 섬이 마주보며 하루에 두 번 물
이 들고 남에 따라 하나도 되고 두 개도 되는 섬. 모세의 기적처럼 몽돌로 바
닷길을 열어주는 열목개가 신비감을 더해준다. 푸른 초원 위에 흰 등대가 우
뚝한 절해고도의 등대섬은 망망한 바다 위에 뜬 한 편의 그림엽서였다.

다도해의 절경,
대매물도 해품길

　섬을 한 바퀴 도는 5.2km의 해품길은 다도해의 아름다움을 한 눈으로 굽어보며 걷는 명품 트레킹 코스였다. 동백터널을 지나 산모롱이를 돌아서면, 어김없이 나타나는 기암괴석의 해안절경. 멀리 보이는 크고 작은 섬들이 푸른 바다와 어우러진 모습은 한 폭의 수채화였다. 어떻게 창조주는 이런 풍경을 만들어 사람들의 넋을 빼놓는 것일까. 청명한 가을 하늘 아래 펼쳐진 꿈결 같은 풍경에 그만 목석이 되곤 한다.

한국의 명가,
명재고택

　여름철에는 배롱꽃이, 가을철에는 단풍이 운치를 돋우는 한국의 명가 명재
고택. 느티나무 노목 아래 수백 개 장독들 너머로 보이는 고택이 범접할 수 없
는 기품을 느끼게 한다. 논산시 노성산 기슭에 있는 이 고택은 조선 숙종 때의
선비 윤증(1629~1724) 선생의 고택. 임금이 18번이나 벼슬을 내렸지만, 번번이
사양했을 만큼 강직했던 선비다. 문도, 담도 없이 활짝 열어놓고 살았지만, 동
학혁명과 6·25 때도 방화하지 못하도록 마을 사람들이 지켜주었다는 당당한
집이다.

남한강의 낭만,
단양 잔도

절벽에 선반처럼 매달아 길을 냈다고 잔도라 부르는 단양의 수양개 역사 길. 남한강 암벽을 따라 이어지는 데크길이 편하고 아름다워 각광을 받고 있다. 그동안 접근이 어려웠던 남한 강변 암벽에 총 연장 1120m, 폭 2m의 데크로드를 설치해 노약자도 즐길 수 있게 한 것. 수면 위 20m 높이에 매달아 짜릿한 전율도 느끼면서 빼어난 절경도 감상할 수 있어, 〈만천하 스카이 워크〉와 연결되면서 인기 짱이다.

육지 속의 섬마을,
예천 회룡포

　낙동강 지류 내성천이 용이 날아오르듯 휘감아 돌아, 한 폭의 그림 같은 섬을 만들며 생긴 육지 속의 섬마을 회룡포, 비룡산 회룡대에서 바라본 물돌이 모양의 굽어진 모습이 볼수록 신기하다. 뒹굴고 싶을 만큼 고운 모래밭도 정감이 있지만, 사각거리는 내성천 바닥은 얼마나 상쾌하던지, 예천군 용궁면 회령포에는 이렇게 꿈결같이 9가구가 살고 있었다.

명품 외나무다리가 있는
영주 무섬마을

   물 위에 떠 있는 섬이라고 무섬마을이라 부른다는 영주시 문수면 반남 박
씨 집성촌. 외나무다리가 마을사람들과 애환을 같이하는 유서 깊은 마을이
다. 콘크리트 다리가 생겼는데도, 주민들이 애용하며 아끼는 명품 다리로 절
대 버릴 수 없는 것이다. 고운 백사장을 휘돌아 가는 맑은 물이며, 100년이
넘는 고택도 16채나 될 만큼 옛 전통을 지키며 살고 있는 마을. 조지훈 시인
의 처가도 있어 더 유명해졌다.

한국의 운치,
경회루의 가을밤

　　외국 사신의 접대와 연회를 베풀던 경복궁의 누각 경회루. 물 위에 뜬 화사한 자태가 푸른 숲과 어우러진 반영이며, 수면에 그리는 밤하늘의 흰 구름을 경외감 없이 바라볼 수 없다. 섬섬옥수 여인의 손길로 다듬은 고요인가, 은은한 조명과 어우러진 반영은 고궁의 가을밤을 채색하는 한 폭의 그림이었으니... 그 우아한 자태에 매혹된 내 옆에 있던 서양인은 숨을 죽이며 넋을 잃고 있었다.

창덕궁의
황홀한 만추

　고궁의 만추는 황홀했다. 이렇게 아름다운 단풍이 한 곳에 집약된 곳이 어디 있던가. 이따금 호랑이도 나타났을 만큼 심산유곡이었다는 창덕궁. 자연지형을 그대로 살려 골짜기마다 누각도 세워놓는 등, 창덕궁의 후원은 비경의 덩어리였다. 활쏘기 대회도, 군사훈련도 했다는 14만 평이나 되는 궁궐. 이렇게 아름다운 고궁이 어느 나라 수도 복판에 있을까. 창덕궁은 볼수록 귀한 서울의 보석이다.

단풍 1번지,
내장사의 가을

단풍 1번지로 유명한 백제 고찰 내장사. 긴 진입로는 정읍 제1경으로 꼽을 만큼 이 지역 사람들이 자랑하는 단풍터널이다. 대웅전 뜰에 들어서면 아름드리 거목들이 내뿜는 단풍에 정신이 혼미할 지경. 우화루는 그중에서도 빼놓을 수 없는 명소다. 맑은 연못 가운데 우뚝 선 우화정이 붉은 단풍과 어우러진 반영은 숨을 멎게 할 만큼 아름다워 수많은 관광객들의 인증샷으로 난리를 피우는 곳이기도 하다.

조선 8경에도 꼽힌
장성 백양사

　백양사가 단풍에 빠졌다. 송두리째 빠져 허우적대고 있다. 잎은 작아도 빛
깔이 어찌나 진한지, 아기 단풍의 위세가 장난이 아니다. 그중에서도 쌍계루
의 반영은 단연 압권. 고려 목은 선생도, 이조시대의 김인후, 송순 등 시인
묵객들도 찬사를 아끼지 않았다니, 백양사의 단풍은 천 년을 두고 정평을 받
아온 셈이다. 조선 8경에 꼽혔다더니, 헛말이 아니었구나. 연못이 세 개나 이
어지는 독특한 지형으로 사진가들에겐 손꼽히는 가을 출사지다.

안동 권씨의 자부심,
천하길지라는 닭실마을

금닭이 알을 품고 있는 형상이라는 우리나라 대표적 길지, 봉화 닭실마을,
마을 앞에 노랗게 익어가는 정갈한 들녘이 인상적이다. 종가인 충재 권벌
(1478~1548) 선생의 고택을 중심으로 안동 권 씨들이 전통한옥을 짓고 모여살
고 있는 기품 있는 마을이다. 종가 안의 청암정은 풍광이 빼어나기로 이름
난 명품 정자, 그 옆에 충재 박물관이 품격을 더하고 있다. 이 마을 며느리들
이 만드는 오색 한과는 500년 손맛을 이어 온 제사 음식으로 유명하다.

닭실마을을 빛내주는
명승 청암정

충재가 종가를 지으면서 조성한 청암정은 닭실마을을 빛내주는 명품 정자다. 거북 모양의 너럭바위 위에 세워진 날렵한 모습이며, 연못을 파고 냇물을 끌어들인 혜안이라든지, 장대석으로 긴 다리를 얹혀놓은 조경기법이 빼어나게 아름답다. 때마침 단풍에 물든 황홀경에 취해 그대로 주저앉고 싶은 충동을 느낀다. 충재의 맏아들이 은거했던 마을 입구의 석천정사 비경과 함께 국가 명승에 지정되고, 봉화 8경에 꼽히는 숨은 명소다.

장엄한
설악산의 만추

　산악미의 극치를 보여주는 한국의 대표적 명산 설악산. 하늘을 찌를 듯한 봉우리며 기암괴석, 울창한 숲에 묻힌 계곡과 폭포 등 수려한 산세가 보는 이를 압도할 만큼 장엄하다. 게다가, 질 좋은 온천수까지 펑펑 쏟아지니 얼마나 고마운 산인가. 하얗게 눈이 덮인 겨울 산의 신령스러움도 잊을 수 없지만 오색 단풍에 물든 설악은 사람들의 넋을 빼놓곤 한다. 주전골을 오르다가 바라본 하늘로 치솟은 산봉우리들과 어우러진 진한 가을빛에 취해 발길이 또 붙잡히고 만다.

백담사를 빛내는
감동적인 돌탑

　만해 한용운 선생이 득도를 하고, 세상을 호령하던 대통령이 한 뼘도 안 되는 골방에서 유폐되었던 절, 백담사. 이래저래 유명해진 데다가, 내설악의 비경도 빼어나지만, 무엇보다 절 앞 계곡에 쌓인 돌탑이 감동적이다. 지금도 불자들뿐 아니라, 수많은 민초들이 애틋한 염원을 담아 끊임없이 쌓고 있으니, 설악산 맑은 물에 닦여 흐르는 이 기도를 불타인들 모른 체하랴.

화엄불교의 발원지,
영주 부석사

    당나라 유학에서 돌아온 의상대사가 화엄사상을 전파하기 위해 왕명으로
세웠다는 영주 부석사. 중심 전각인 무량수전은 우리나라에서 가장 오래된
고려 목조건물의 하나로 빼어나게 아름답다. 이 전각의 배흘림기둥에 서서
바라보는 노을 젖은 소백산은 특히 압권. 의상대사와 사랑에 빠진 당나라 선
묘낭자가 부석으로 변했다는 창건설화로 절 이름도 유래되었다니, 의상은 미
남이었던가, 가는 곳마다 염문도 많다.

조계종의 시원,
승보종찰 송광사

조계산 기슭에 있는 순천 송광사는 16명의 국사를 배출한 조계종 총림으로, 우리나라 3대 사찰 중 하나인 승보종찰이다. 신라 옛 절이지만, 고려의 지눌선사 불력이 빛나, 이곳에서 조계종을 창시한 유서 깊은 절이다. 대웅전 뒤에 있는 그의 부도탑은 이 절에서 가장 아름다운 곳. 절 입구 개울 위의 임경당과 우화각, 침계류가 어울려 수면에 비치는 모습은 한국 건축미의 백미로 꼽힌다.

장태산 휴양림의
이국적 풍경

　푸른 하늘을 향해 쭉쭉 뻗은 메타세콰이어 단풍이 이국적 정취를 물씬 풍
긴다. 1만여 그루의 메타세콰이어를 비롯, 온갖 나무들이 빼곡한 이 휴양림
은 천혜의 자연 경관과 어우러져 절경을 이뤄 산림청이 추천하고, 만족도 1위
를 자랑하는 대전 8경의 하나다. 임창봉(1922~2002) 씨가 조성한 최초의 민간
휴양림으로 지금은 대전시에서 인수, 개축하여 시민들의 휴식처로 인기를 끌
고 있다.

청솔밭이 일품인
영천 은해사

　은빛바다가 물결치는 극락정토 같다는 팔공산의 신라 옛 절 은해사. 인종의 태실이 봉안되어 숙종 때 조성했다는 400여 년 된 노송들로 풍광이 빼어나게 아름답다. 40여 개의 전통 사찰을 말사로 거느리고 있는 경북지방의 대표적 사찰로 대웅전의 현판을 비롯해 추사체가 많아 추사체의 보고로 알려진 절이다. 큰 스님이 납시는지, 삽살개까지 수행하고 나서는 것 같아 슬며시 미소가 나온다.

한국에서 유일한
남양 성모성지

　병인박해(1866) 때 무명의 천주교도들이 처형당한 남양 도호부 터에 기적처럼 조성된 성모성지다. 성모성지로는 우리나라에서 유일한 것으로, 화성 8경에 꼽힐 만큼 경관이 수려하다. 정원과 숲이 잘 가꾸어져 있고, 쉼터도 잘 마련돼, 누구에게나 편안한 휴식처가 될 수 있는 곳. 세계적인 건축가 마리오 보타가 파티마 성모 발현 100주년을 기념해 설계한 대성당은 장엄한 예술품이라 할 만하다.

천주교의 수난이 승화된
제천 배론성지

신유박해(1801) 때 천주교도들이 숨어 신앙을 지켜온 제천의 교우촌이다. 봄에는 벚꽃이, 가을에는 단풍이 아름다워 관광객들도 찾아오는 명소가 되었다. 이곳 토굴에서 한국 천주교의 박해 상황을 고발하며 구원을 요청하는 백서를 썼던 황사영 씨는 능지처참 당하고, 부인은 노비로 전락된 것. 우리나라 최초의 신학교였던 이곳 신학생들은 대부분 순교해 한 분도 신부를 배출하지 못한채 폐쇄되었다니, 한국 천주교의 핍박사를 알 수 있는 기막힌 곳이다.

빨간 감으로 뒤덮인
청도의 진풍경

　청정고을 청도의 감 풍경은 상상을 초월했다. 빨갛게 익은 감들이 가지가 휘
도록 매달려 온 천지를 덮고 있다. 가로수는 물론, 골목이나 집안의 뜰도 보이
는 것은 모두 빨간 감나무. 내로라하는 감 마을을 다녀보았지만, 이런 진풍경
은 처음이다. 씨가 없는 이곳 감은 다른 지방에 심으면 씨가 생긴다니 먹기도
좋아 이래저래 청도감은 유명. 감으로 만든 갖가지 생산품이 길손의 호기심을
또 자극한다. 청도에 진입하다가 놀라 차를 세우고, 길가에서 찍은 사진이다.

천 년의 숲,
함양 상림

　함양 사람들이 친구들보다 더 그리워한다는 상림이다. 신라 때 태수로 있던 고운 최치원 선생이 제방을 쌓고 조림했다는 21헥타르나 된다는 방대한 숲에는 2만여 그루의 나무가 1.6km에 걸쳐 자리 잡고 있다. 천 년 세월 동안 함양 사람들의 희로애락이 아롱진 이곳에는 시집살이 팍팍해 울고 간 며느리도 있었을 테고, 첫사랑의 키스에 가슴 두근거리던 추억도 있을 테고... 넉넉한 품으로 안아주는 상림은 함양 사람들의 삶이 녹아있는 어머니 가슴이었다.

강진의 숨은 비경,
백운동 원림

　세상에 별로 알려지지 안했지만, 단풍에 덮인 백운동 원림은 뜻밖의 선경이었다. 무명의 조선 선비 이담노(1627~1701) 옹이 은거했다는 월출산 밑의 외진 산골. 소쇄원, 부용동과 함께 호남의 3대 원림으로 꼽힌다지만, 그윽함이야 으뜸 아닐까. 동백나무, 비자나무, 대숲 사이로 어렴풋이 뚫린 오솔길 끝에 꿈결같이 나타난 신비로운 원림. 연못이며, 술잔을 돌렸다는 유상곡수를 바라보며, 선인들의 풍류에 잠시 젖는다.

황금빛 단풍이 넘실대는
보령 은행마을

　국내 최대 은행나무 군락지인 보령시 청라면 은행마을. 300년 이상 된 은
행나무 15그루를 비롯하여 3000여 그루가 곳곳에 식재돼 있다니 놀라 자빠
질 일이다. 그 중심에 천 년 수령의 은행나무가 문지기처럼 버티고 있는 신경
섭 고택. 마을에서는 이 전통가옥을 본거지로 축제를 열어, 고즈넉한 시골풍
경과 함께 황금빛 물결이 넘실대는 가을 서정의 여행지로 나들이객들을 유
혹하고 있다.

호남의 보석,
순창 강천사

군립공원이라기에는 서운할 정도로 뛰어나게 아름다운 순창 강천사. 입구에서부터 8km나 뻗은 계곡에는 기암괴석과 크고 작은 연못들이 절경을 이루고 있다. 특히 가을철에는 진홍의 아기단풍이 계곡을 덮어 황홀경의 극치를 보여주는 것이 내장사나 백양사에 그 화려함이 결코 뒤지지 않을 정도. 절을 지나 조금만 더 가면, 멋진 출렁다리와 폭포가 있지만, 입구에서 여기까지 왕복 5km. 시간이 충분히 있어야 한다.

가을의 서정시,
대청호 억새울음

산모롱이를 돌면 억새고, 다시 돌면 또 억새밭. 바다처럼 넓은 호수와 늪지를 덮은 끝없는 억새가 잠시도 멈추지 않는다. 소양호, 충주호에 이어 담수량이 가장 많다는 대청호는 차라리 망망한 바다. 물속에 비치는 산 그림자도 어찌나 아름다운지 눈을 뗄 수가 없다. 바람이 불 때마다 서로 부딪치며 서걱거리는 억새들의 울음. 가을의 서정을 만끽하기에 대청호만큼 좋은 곳도 없다.

태고의 신비,
우포늪

　1억5000만 년 전이라는 아득한 옛날에 이루어졌다는 습지에는 온갖 생명체가 박동하는 대자연의 교향악으로 가득 찼다. 세월을 알 수 없는 왕버드나무와 제멋대로 자란 노목들이 원시의 분위기를 물씬 풍기는 우포늪. 자정능력도 뛰어날 뿐 아니라, 대지에 허파 노릇을 하는 생태계의 보고다. 1988년 람사르 습지에 등록되어 세계적인 자연 생태지역으로 보호받는 곳. CNN에서 한국의 아름다운 곳으로 추천한 비경지대이기도 하다.

단풍 속에 쏟아지는
방태산 폭포들

    골이 깊고 숲이 울창한 방태산은 휴양림 가운데 단풍이 가장 아름답다는 곳이다. 그중에서도 2단 폭포를 비롯한 수많은 폭포를 가진 이곳은 사진가들을 매혹하는 비경이 산재해 있다. 마침, 비가 온 직후라, 수량도 풍부하고, 단풍도 절정을 치닫고 있어 모처럼 이곳 풍경을 제대로 만난 것 같다. 좁은 계곡에서 자리다툼이 심해, 사진 찍기가 쉽지 않은 곳인데, 오늘은 행운이다.

청송 주산지의
몽환적 풍경

　인생의 여정을 사계절 시정으로 승화시킨 김기덕 감독의 영화 〈봄, 여름, 가을, 겨울 그리고 봄〉. 그 영화의 배경인 주산지의 몽환적 풍경을 담고 싶어 사진가들은 밤을 새워 달려온다. 물안개 피어오르는 새벽 호수에 빠진 산은 그야말로 환상 자체. 물속에 뿌리를 내린 왕버드나무의 반영이 기막힌 것이다. 300년이 지난 지금도 농업용수를 공급하는 마르지 않는 인공 저수지라니 조상들의 예지가 놀랍다.

금동미륵불이 유명한
속리산 법주사

　오리길이라 불릴 만큼 긴 진입로가 만추의 정감을 물씬 풍긴다. 세월의 무게
가 덕지덕지 낀 거목의 단풍이 멋진 터널을 이룬 절. 경내에 들어서자, 금동미
륵불이 먼저 눈에 뜨인다. 신라 때(776) 조성되었으나, 대원군이 경복궁을 중수
하며 몰수. 시멘트로, 청동대불로 변신했다가 2000년 들어 제 모습으로 복원되
었다니, 수난도 많았던 부처다. 팔상전은 우리나라에 남아있는 유일한 5층 목
조탑으로 이 절의 감상 포인트. 미륵신앙과 밀접한 관계를 맺고 있는 이 절은
최근 유네스코 세계문화재로 등재되었다.

6·25의 비극이 사무치는
지리산 피앗골

6·25의 비극을 가장 처절하게 겪었던 지리산 피앗골. 인민군들이 후퇴하면서 미처 달아나지 못하고 숨어들어 험준한 이 골짜기를 본거지로 삼고, 한사코 저항했던 격전의 현장이다. 낮에는 대한민국, 밤이면 인민공화국이 되면서, 산으로 끌려가 애꿎게 빨치산이 된 사람은 없었던가. 수많은 젊은이들이 흘린 피가 계곡을 물들여 더 빨갛다는 단풍. 수려한 경관의 삼홍소로 오르면서도 분하고, 원통해 마음이 천근만근 무겁다.

원시림의 비경,
광릉 국립수목원

　150만 평이나 된다는 거대한 광릉 국립수목원은 고즈넉한 가을 운치가 단번에 마음을 사로잡았다. 세조의 능으로 설정된 이래 540여 년 동안 엄격히 보호된, 세계적으로도 인정받는 숲의 바다. 일제 강점기와 6·25 때도 훼손되지 않고 용케 살아남아, 원시림이 빚어내는 비경은 놀랄 만했다. 일요일을 제외하고, 홈피를 통한 사전예약자 5000명씩 입장시키지만, 워낙 방대해 사람들이 별로 눈에 띄지 않는다.

고산의 풍류가 만든 보물섬,
보길도

　우리말로 표현한 가장 아름다운 시어로 한국 시문학에 금자탑을 세운 고산 윤선도. 〈어부사시사〉의 산실인 세연정은 그가 풍류를 즐긴 명품 정자다. 병자호란을 피해 들어온 보길도에서 13년을 살면서, 이런 정자를 25개나 지었고, 백마를 타고 다니며 자아도취적인 풍류에 빠졌던 생활은 후세 사람들의 비판을 면치 못하나, 아이러니컬하게도 이 섬은 그의 족적으로 관광객이 끊이지 않는 보물섬이 되었다.

일지암으로 오르는
대흥사의 오솔길

　남도의 끝자락 두륜산 기슭에 있는 신라 고찰 대흥사에는 다성 초의선사
(1785~1866)가 손수 짓고, 40여 년을 살았다는 일지암이란 암자가 있다. 그 암
자로 올라가는 산길은 나무들이 빼곡히 우거져 가을철 낙엽을 밟고 가는 40
여 분의 길이 여간 운치 있는 것이 아니다. 산새소리, 계곡물 소리를 들으며
걷는 신비롭고 그윽한 숲길. 그 비경의 단풍길 끝에는 茶의 성지라는 단아한
초가집, 일지암이 길손을 반긴다.

대둔산 설화

PART 4

사색의 계절,
겨울

겨울 여행의 꽃,
무주 덕유산

푸른 하늘 아래 하얀 상고대가 깨물고 싶도록 상큼하다. 국토의 중심부에 있어 어디서도 접근하기 좋고, 1614m나 되는 고산이라 조망이 탁월하다. 케이블카에서 20분만 걸으면 누구나 정상인 향적봉에 올라 호연지기를 맛볼 수 있고, 멋진 설경도 만끽할 수 있으니, 이런 명산이 어디 또 있을까. 산악인도, 스키어도, 사진가도, 관광객도 모두가 즐길 수 있는 덕유산은 한국 최고의 겨울여행지라 할 만하다.

영랑호의
이국적인 설경

한국에 이런 곳이 있었던가 싶게, 영랑호의 설경은 이국적이었다. 금강산에
서 수련을 마치고 돌아가던 화랑 영랑이 이곳에 매료돼 주저앉았다는 호수.
물속에 빠진 설악의 반영이 선경을 이루고, 석양에 타는 노을이 황홀경이지
만, 외지인들은 흔히 놓치고 가는 속초의 명소다. 봄에는 벚꽃이, 가을에는
단풍이 터널을 이루어 현지인들이 힐링의 쉼터라고 아끼는 설악의 눈동자다.

흰 꽃밭으로 변한
비경의 설악산

　놀라운 일이다. 세상이 어떻게 이런 꽃밭으로 변할 수 있을까. 아름다운 설화를 많이도 보아왔지만, 이렇게 황홀한 눈꽃밭은 처음이다. 간밤의 폭설이 아침까지 이어진데다가 인적이 끊긴 산속이라 설화가 고스란히 만발해 있는 것. 순백의 설악산을 독차지한 듯 벅차오르는 감동을 억제할 수 없어 셔터를 누르면서도 가슴이 뛴다.

한계령의 장엄한
눈꽃바다

간밤의 폭설로 한계령이 눈꽃바다가 되었다. 도로는 말끔히 치워졌으나, 통행하는 차량이 거의 없어, 황홀한 이 한계령을 독차지한 듯했다. 흥분하여 사진기를 들고 이리 뛰고, 저리 뛰다가, 뒤를 돌아보니 한 줄기 햇살을 받은 산봉우리가 기막히게 아름답다. 아, 이런 설경을 언제 다시 볼 수 있을까, 놓칠까 두려워 얼른 누른 셔터다.

울산바위의
신비한 아침

　서기로 가득한 설악산의 아침. 울산바위의 설경이 거룩하기까지 하다. 해발 873m에 둘레가 4km, 사방이 절벽인 이 장엄한 바위는 설악산의 위엄을 웅변하는 랜드마크. 하늘로 치솟은 봉우리들의 기상이 늠름하기도 하다. 웅장한 바위산이 흰 옷으로 갈아입은 은빛 설경에 경외감을 느끼며, 세상의 모든 상처도 흰 눈으로 덮어줄 수는 없을까, 부디 축복의 새해가 되기를 손 모아 빈다.

천상의 눈꽃화원,
함백산의 설경

천상의 화원이 이런 모습일까, 하늘은 푸르고, 땅은 하얗고, 흰 구름은 두 둥실, 날씨는 어찌나 맑은지, 설화와 상고대가 만든 별천지를 바라보며, 벅찬 감농을 억누를 수 없다. 해발 1330m의 만항재 휴게소에서 1km만 오르면, 바로 정상. 군용도로를 따라 3km만 걸으면, 더 편하게 정상에 올라 함백산의 이런 장쾌한 풍광을 맛볼 수 있는 것이다. 능선에서 빙빙 도는 이국적인 풍력 발전기까지, 아, 아름다운 내 나라 국토를 와락 껴안아주고 싶다.

설원이 매혹하는
대관령 양떼목장

　　대관령 산기슭에 그림처럼 펼쳐진 양떼목장. 흰 구름 두둥실 뜬 푸른 하늘 아래의 초원은 말할 것도 없지만, 겨울철 설원의 풍경도 못지않게 매력적이다. 양떼들에 먹이를 주며 동심에 빠지기도 하고, 목책을 따라 능선을 산책하며 이 국적인 풍광을 즐길 수 있어, 남녀노소 누구에게나 인기 있는 관광지가 되었다. 62000여 평의 자그마한 목장이 사진 찍기도 좋아 끊임없이 밀려오는 관광객들. 입장료 수입도 만만치 않을 텐데, 꿩 먹고, 알 먹고, 사업치곤 따봉이다.

옵바위의
장엄한 일출

　겨울철 일출의 명소, 강원도 고성 공현진 포구에 있는 옵바위. 파도까지 곁들이면 뜻밖의 명작도 얻을 수 있다며, 밤새워 달려가는 동해 해변이다. 어둠이 걷히는가 했더니, 드디어 불끈 솟는 둥그런 태양. 천지가 생동하고, 갈매기도 놀란다. 칼바람에 볼이 얼얼하지만, 이 감격을 어떻게 표현할까. 붉은 하늘을 누비는 갈매기들의 현란한 군무와 어우러지며, 바다에는 대서사시가 펼쳐지기 시작한다.

남북 수장들의 별장촌이 된
고성 화진포

　울창한 소나무가 둘러싼 푸른 바다와 하얀 모래밭이 어우러진 화진포는
경관이 뛰어나게 아름다운 호수다. 바닷가 절벽에 세운 '화진포의 성'은 이곳
에서도 가장 인기 있는 관광지. 시원한 전망도 좋지만, 일제 때 선교사들이
살던 집을 김일성이 별장으로 이용하여 호기심을 돋우는 것이다. 이승만 전
대통령도 이곳에 별장을 지어 아이러니컬하게도 남북 수장들의 별장촌이 된
화진포를 굽어보며, 착잡한 상념에 빠진다.

설원의 귀부인,
원대리 자작나무

은빛 나신으로 설원을 지키고 있는 북구의 귀부인 자작나무. 쭉쭉 뻗은 자작나무의 진면목은 흰 속살을 드러내는 겨울이 제격이다. 엄동설한 긴 밤이 일마나 외로웠으면, 제 몸을 저렇게 쥐어뜯어 생채기를 냈을까. 그 표피에 연서를 쓰면, 이루지 못할 사랑이 없다니. 북구의 여신은 사랑의 화신인가. 폭설도 즐거워 자작나무 숲을 누비는 중년 소녀들의 웃음소리가 옥구슬처럼 설원을 뒹굴어가고 있다.

연인들의 성지,
정동진

　이름 없는 자그마한 어촌이 연속극의 배경이 되면서, 사랑의 명소가 된 정동진. 그 드라마의 장면을 떠올리며, 얼마나 가슴을 설레었던가. 파도는 왜 그렇게 몰아치는지. 그 파도에 힘입어 골인한 사랑도 있을 테고, 토라진 마음을 달래다 못해, 파도에 날린 한숨도 있을 테고... 저 많은 발자국마다 얼마나 많은 사연이 깃들어있을까. 바다와 가장 가까운 역으로 〈기네스북〉에도 올랐다는 정동진. 눈 덮인 테마공원이 더 멋쟁이가 되었다.

눈 내리는
월정사 전나무길

　광릉수목원, 부안 내소사와 함께 3대 전나무길로 꼽히는 월정사 진입로. 1km에 이르는 울창한 전나무숲 길에 눈 내리는 모습이 신비롭다. 370년쯤 된 노목을 비롯해, 80년 안팎의 1700여 그루가 빼곡한 아름다운 길. 이따금 고사한 나무들도 잘 보존해, 살아생전의 장엄함을 느끼게 한다. S자형으로 휘어진 완만한 길이 천 년 고찰로 들어가, 불문의 길은 이렇게 그윽한 것인가, 마음을 가다듬게 한다.

폭설에 묻힌
오대산 상원사

천여 년 전 왕자들이 들어와 수도했다는 오대산 상원사. 풍경이 그윽한 아름다운 절이다. 형은 끝내 구도의 길로 들어서고, 아우가 돌아가 왕위를 계승하니, 그가 신라 성덕왕, 신라 천 년 중 태평성대를 이룩했던 왕이다. 금수저를 물고 태어났어도, 조상들은 이렇게 영육을 닦을 줄 알았던 것. 세조가 찾아와 불공을 드릴 때, 자객으로부터 목숨을 구해주었다는 법당 앞에 있는 고양이의 석상도 놓치지 말아야 할 귀한 유물이다.

메타세콰이어 길에
눈보라 치면

　산림청과 건설교통부 등에서 한국의 가장 아름다운 가로수길로 선정했을
만큼 담양 메타세콰이어 길은 유명하다. 제2 공화국 시절, 담양 주민들이 새
마을운동으로 심은 나무가 이렇게 명품길이 된 것. 외지인들에게는 입장료
까지 받으니 봉이 김선달이 따로 없다. 엄동설한 앙상한 나무의 갈색 톤에 하
얗게 휘몰아치는 눈보라 속에서 앵글을 겨누는 사진가들의 열정도 메타세콰
이어 길 못지않게 아름답다.

눈꽃 트레킹의 명소,
선자령

　바람, 눈, 그리고 탁 트인 조망. 겨울 산행의 매력을 고루 갖춘 백두대간 주
능선 길인 해발 1157m 선자령. 은빛 산마루에는 매서운 바람만이 제 놀이터
인양 휘젓고 있었다. 바람개비처럼 돌고 있는 풍력발전기는 이국적 풍경을 연
출하고, 강릉 시내와 검푸른 동해바다가 한눈에 내려보인다. 이 장쾌한 기분
을 잊지 못하는 사람들로 겨울에도 선자령은 몸살을 앓고 있는 것이다.

눈 내리는
선운사의 새벽

눈 내리는 산사의 새벽은 신비로웠다. 법당을 지키는 불빛에 경외감을 느끼며, 소리 없이 쌓이는 하얀 뜰에서 렌즈를 겨눈다. 광해군 5년(1613)에 중건한 이 대웅전은 조선 후기 건축술을 보여주는 뛰어난 전각. 뒤쪽으로는 수령 500년의 동백나무 3000여 그루가 꽃병풍을 두른 듯 장관을 이루어 매년 '동백연 축제'가 열리기도 한다. 곳곳에 갈 곳도 많은 신운사는 사계절 풍광 수려한 호남의 대표적 명찰로, 절문을 나서자 도솔천에 핀 설화가 또 발길을 붙잡는다.

법정스님의
오대산 오두막집

무릎까지 빠지는 적설을 헤치며 찾아간 법정 스님의 오대산 오두막집. 그
곳은 화전민이 살던 집을 다듬은 외딴 산막이었다. 산짐승이나 다닐 이 깊은
산 속에서 어떻게 홀로 18년간 수행하셨을까. 스님이 심으셨다는 전나무의
긴 도열 끝에 만난 산방에는 스님의 체취가 고스란히 남아있고, 그 옆으로
손수 지으셨다는 달팽이형 해우소가 애틋해 눈길을 떼지 못한다.

눈 내리는 갑둔리
비밀의 정원

　인제군 남면 갑둔리에 있는 비밀의 정원은 사진가들의 출사지로 유명하다. 신남리와 삼남면 사이 지방도로 중간에 있는 이곳은 옛날 화전민들이 농사를 짓던 자리. 군부대의 훈련장이 되면서 사람들이 접근하지 못해 원시 상태로 돌아산 것이다. 가을철이면, 새벽녘 서리가 하얗게 내린 분지에 피어오르는 안개와 오색 단풍이 어우러지는 몽환적인 풍경을 담기 위해 밤을 새우는 사진가들의 모습이 장관이다. 그런 열정은 없어도, 눈 내리는 날의 설경도 못내 신비스럽다.

곡선미의 진수,
서산 유기방 가옥

　1919년에 지은 중부지방 양반가옥의 모습이 그대로 보존되고 있어 건축사
적으로도 평가받는 고택이다. 하늘로 날아오를 듯한 U자형 타원형으로 둘러
친 담장이 전통미의 진수를 보여준다. 봄이면, 송림 우거진 야트막한 산을 배
경으로 지은 집 주변에는 노란 수선화가 바다처럼 뒤덮여 아예 관광지로 만
들어 놓기도. 서산 아라메길 1구간 출발지인 아름다운 옛집이다.

도심의 이색지대,
광명 테마파크 동굴

　여름에는 시원하고, 겨울에는 따뜻한 도심의 관광명소 광명 테마파크 동굴. 일제 강점기에 채굴하던 가학산 광산이 인기 있는 관광지로 변신한 것이다. 폐광 후 방치된 것을 광명시에서 인수, 이렇게 멋진 테마파크로 만들어 놓은 것. Led의 화려한 빛에 물든 2.2km의 관람 동선에 갖가지 볼거리들을 만들어 놓아, 매년 100만여 명의 관광객이 찾는 명소가 되었다.

아침고요수목원의
환상적인 불빛축제

해마다 겨울이면, 가평 축령산 기슭에는 오색 불빛이 연출하는 환상적인 풍경이 펼쳐지고, 사람들은 이 황홀한 밤을 놓치지 않으려 끊임없이 몰려든다. 12월부터 3월 말까지 계속되는 이 축제는 밤 9시면 문을 닫지만, (주말은 밤 11시까지) 사랑에 빠진 연인들은 떠날 줄을 모른다. 원예학을 전공한 한상경 교수가 온갖 비난을 무릅쓰고 삽자루를 들었던 것이 지금은 춘하추동 인기 있는 수도권의 관광명소가 되었다.

올림픽공원의 표상
'홀로 나무'

　백제 유적 몽촌토성이 옛 정취를 풍기는 도심 속 초원. 세계 젊은이들이 꿈을 안고 우정을 나누던 올림픽공원은 이제 서울의 오아시스로 힐링의 쉼터가 되었다. 스포츠 시설은 물론, 미술관, 음악회도 여는 문화의 전당으로, 세계 정상급 조각가 작품 200여 점이 전시돼 세계 5대 조각공원으로 각광받고 있는 것은 이 공원의 자랑. 흰 눈밭 위에 우뚝 선 '홀로 나무'는 사진가들이 이 공원의 표상처럼 사랑하는 나무다.

관광 섬으로 부상하는
비경의 욕지도

　통영에서 뱃길로 한 시간 남짓 걸리는 한려수도 최남단에 있는 먼 섬이지만, 가보면 후회 없는 비경의 섬이다. 일주도로를 타고 둘러보는 관광도 빼놓을 수 없지만, 출렁다리를 건너 이어지는 해안 산책로를 걸으면, 기암괴석의 절경에 경탄하게 된다. 최근 개통된 관광모노레일을 타면, 천왕봉 정상인 대기봉에서 한려수도의 진면목도 감상할 수 있다. 이 섬의 특산품인 고구마는 품절이 될 정도로 맛이 유명하다.

바다를 끼고 걷는
대부도 해솔길

　칼바람을 맞으며 걷는 대부도 해솔길은 겨울 트레킹의 진수였다. 해솔길 1구간에서도 가장 아름답다는 솔숲 해안길. 구봉도의 산길을 오르다가 천연약수터로 내려가 목을 축이고, 파도를 따라온 갈매기와 노는 재미도 빼놓을 수 없다. 군락을 이룬 솔숲을 지나면, 이 코스의 백미라는 개미허리 아치교. 그 다리를 건너 만나는 고깔섬은 데크길과 연결되어 서해 풍경을 바라보며 걷는 기분이 일품이다. 그 끝에서 유명한 낙조 전망대가 기다렸다는 듯 반긴다.

자연이 살아 숨 쉬는
신비한 비내섬

　태고적 모습이 이랬을까. 서리가 하얀 억새밭이 아스라이 펼쳐지고, 강이
흐르는 뒤로는 아득히 푸른 하늘이 달린다. 새소리, 바람소리, 물 흐르는 소
리. 귓볼을 때리는 메마른 북풍만 저음의 겨울 교향곡을 들려준다. 그대로
두면 이렇게 아름다워지는 것을... 충주시 앙성면과 소태면이 한강을 사이에
두고 생긴 강 속의 섬. 가을이면, 억새가 춤을 추고, 철새들의 군무가 장관을
이루는 비경의 남한강 비내섬이다.

데이트 코스로 제격인
죽변 등대길

　울진의 자그마한 어촌 죽변 등대길. 연인들의 데이트 코스로 추천하고 싶은 아름다운 길이다. 솔숲 우거진 산속을 걷다보면, 푸른 동해의 풍광이 눈앞에 펼쳐지고, 파도가 넘실대는 해변으로 곧바로 내려갈 수도 있다. 그 중에서도 TV 드라마 〈폭풍 속으로〉 세트장이었던 '어부의 집'은 멋진 포토 존. 그 뒤에는 파도가 하트를 그리는 예쁜 해변이 있어 사랑을 고백하기도 좋다.

새로운 명소로 떠오르는
추암해변

바다에 꽂은 듯한 뾰족한 촛대바위가 일출의 명소로 유명해 애국가 배경화면이 되면서, 전국적인 명성을 얻은 곳이다. 기암괴석들이 장관이라며 해금강이라 추켜세우면서도, 관동 8경에 빠진 것을 의아했더니, 동해 8경 중 첫째로 뽑혀 체면은 세웠다. 최근에 상가도 정비하고 출렁다리도 만들어 놓는 등 동해안 명소로 새롭게 부상하고 있다

식도락도 즐거운
풍광 좋은 축산항

　부르로드 B코스에 있는 축산항은 천혜의 자연 경관으로 천리미항이라 불리는 자그마한 어촌이다. 죽도산 위에 있는 우뚝한 등대는 동해안에서 소문난 전망대. 대숲 우거진 완만한 오솔길도 운치 있지만, 이곳에서 바라보는 축산항의 풍광은 일품. 특히 야경이 기가 막히다. 대게며, 물가자미며, 풍부한 해산물로 식도락도 즐길 수 있어 동해안 해양 관광지로 떠오르고 있다.

한국의 나포리,
삼척 장호항

　한국의 나포리라는 삼척 장호항은 해안선이 예쁘고, 기암괴석으로 둘러싸여 경치가 빼어나게 아름답다. 케이블카가 바다를 가르고, 여름이면 스킨 스쿠버며, 바다 래프팅 등 해양 스포츠도 즐길 수 있는 피서지의 명소. 어항에서 싱싱한 해산물도 구입할 수 있고, 해수욕장과도 이어져 갖출 것은 다 갖추었지만, 피서철에는 북새통으로 난리를 피우는 것은 각오해야 한다.

달밤이 기막히다는
안면도 간월암

 가랑잎처럼 떠 있는 바다 가운데서 휘영청 밝은 달빛을 보고 깨달음을 얻은 무학대사가 창건했다는 간월암. 여자 친구가 생기면, 달밤에 꼭 같이 오겠다 고, 옆에 있던 청년 장교가 다짐한다. 아무렴! 겨울 바다를 거닐며 흔들리지 않 을 여자가 어디 있으며, 하물며 달빛 교교한 간월암에서랴, 득도는 몰라도 사 랑에는 골인하겠다. 물이 빠지면 육지와 연결돼 정사 뜰도 거닐이보고, 이곳 특산품인 어리굴젓으로 요기도 하며 안면도 가는 길에 놓칠 수 없는 그림 같 은 암자다.

고군산군도,
서해안 관광시대를 열다

　　고군산군도가 우리 앞으로 다가왔다. 서해바다 한가운데 점점이 떠 있는 16개의 유인도와 47개의 무인도들. 그 섬의 군락들에 차를 타고 들어가는 꿈결 같은 일이 벌어진 것이다. 태초 이래 숨어있던 산재한 비경들로 서해안 관광시대를 연다고 들떠 있지만, 천혜의 우리 자원이 또 하나 망가지는 것은 아닌가, 우려되는 마음도 숨길 수 없다.

서라벌의 낭만,
월정교의 밤

월지(안압지)와 함께 서라벌의 야경 명소로 쌍벽을 이루는 월정교. 최근 복원된 이 다리는 신라 교량의 백미로, 교각은 물론 양쪽 문루의 위엄이 장관이다. 다리 위에서는 교촌 한옥 마을의 풍광도 볼 수 있어 경주 관광의 새로운 트렌드로 자리 잡으며, 우리나라의 가장 오래된 다리로 주목받고 있다. 원효대사가 요석공주를 만나러 다니던 낭만의 다리였다는 것도 상기할 일이다.

시간의 흐름을 서정으로 담은
대청호

시간이 멈춘 듯한 고즈넉한 풍경이 마음을 사로잡는다. 동터오는 연분홍빛 하늘 아래 펼쳐진 호수의 반영이며, 건너 마을에 피어오르는 아련한 아침 연기. 대전시 동구 마산동 쉼터 주차장에 차를 세우고 몇 발짝만 떼면, 꿈결 같은 대청호의 이런 풍경에 대전 시민들도 놀란다. 철따라 변하는 경치가 뛰어나 대청호 500리길 중에서도 손꼽는 4구간 오솔길. TV 드라마 〈슬픈 연가〉의 예쁜 촬영지까지 있어 코로나 시대 언택트 나들이 길로 각광받는 호반 낭만길이다.

제주도의 푸른 겨울,
올레길

제주도에 가면, 올레길을 걸어야 한다. 산길, 바닷길, 오솔길을 걸으며 대자연의 경이로움을 느끼기도 하고, 길에서 만난 사람들과 살아온 이야기를 나누며, 삶의 지혜를 배우기도 한다. 놀멍, 쉬멍, 걸으며 유유자적하며, 제주도의 수려한 풍경으로 가슴을 씻고, 삶의 활력을 찾는 것이다. 용머리 해안을 거쳐 산방산 밑으로 휘어이 휘어이 걷는 제10코스. 파도소리 들으며 혼자 걸어도 외롭지 않은 것이 제주도 올레길이다.

개암사 눈꽃에 빠져
매창을 그리다

눈이 쏟아진다는 소식에 차를 돌려 들어서자, 하늘이 활짝 열린다. 히야!
이런 순결한 설경을 언제 또 만날 수 있을까. 황진이와 쌍벽을 이루는 부안의
기녀시인 매창이 의병으로 떠난 님을 그리며 실의를 달랬다는 부안 개암사.
그의 넋이 환생한 것인가, 절 안의 온 뜰이 희디흰 눈꽃이다. 매창 사후에 그
의 시를 모아 목판본으로 출판도 한 특별한 인연의 절이다.

남성미의 화신,
대둔산의 설경

　해발 878m에 불과한 높지 않은 산이지만 기암괴석이 산재하고 숲이 우거져 장엄하기 이를 데 없는 남성적인 산. 한국의 8경으로 꼽혔던 중에도 대둔산은 설경이 으뜸이다. 케이블카로 오르기는 쉬워도 바위산인데다가 가파르고, 미끄러워 안전시설은 완벽하지만, 여간 조심스럽지 않다. 순백의 설경에 뛰는 가슴으로 언 손을 녹여가며 찍어도 기분은 나를 것 같다.

자연과 일체된
변산 내소사

　천 년 수령의 당나무가 경내에 우뚝 선 변산 내소사. 자연석 위에 제각기 다른 기둥을 세운 봉래루며, 경사된 지면에 그대로 세운 대웅전 앞의 설선당에서 자연과 일체로 살아간 조상들의 뜻을 읽을 수 있다. 이조 때 중건된 무채색의 대웅전은 쇠못을 사용하지 않은 것으로 유명한데, 정교한 예술품으로 회자되는 목조 창살이 세월에 마모되어 뼈만 앙상해 애석하다.

명선도의
아침 바다

　밤새워 망망대해에서 외로움과 싸우며, 조각배 하나에 의지해 멸치잡이 하
는 어부. 사랑하는 아내와 어린 자식들을 생각하면, 피곤할 겨를이 없다. 이런
지아비를 어루만져주듯, 불끈 솟으며 천지를 비쳐주는 태양. 울주군 진하해변
명선도 앞바다에 가면, 수평선 위로 피어오르는 물안개 속에 이런 풍경을 만
날 수 있어, 사진가들은 또 밤새워 달려간다. 은비늘 펄떡이는 그물 속에서 가
족의 행복을 그리며, 갈매기 벗 삼아 돌아갈 어부의 아침바다가 찬란하리만큼
아름답다.

갈매기와 동행하던
외포리의 추억

　수도권에서 나들이하기 좋은 유적의 섬, 강화도. 얼마 전까지만 해도 그 섬 안에 있는 석모도에 가려면, 외포리에서 배를 타고 갈매기와 동행해야만 했다. 석모대교가 개통되면서 이제 휭하니 차를 타고 지나가니, 갈매기와 놀며 건너던 뱃길이 그리워진다. 새우깡에 맛들인 그 많은 갈매기들이며, 항구에 생업을 걸던 사람들은 다 어디로 갔나. 세상이 발전하면서 낭만은 사라져가고, 마음은 점점 허전해진다.

경탄!
무등산 눈꽃산행

 폭설이 그치며 푸른 하늘이 활짝 열리다니, 행운이다. 해발 1187m에
11km 눈길 산행이 만만치 않했지만, 설경에 취해 다른 생각은 할 경황이 없
었다. 세계에서 가장 큰 주상절리라는 서석대와 입석대가 눈꽃과 어우러진
비경을 어떻게 설명해야 할까. 석양에 비치는 서석대가 수정처럼 빛난다는
빛고을 광주. 무등산은 광주인들이 자랑할 만한 멋진 명산이었다.

배롱나무가 유혹하는
화순 만연사

늙은 배롱나무 한 그루가 유혹하는 화순 만연사. 배롱나무에 달린 빨간 연등들이 여름철이면 꽃들을 더 풍성하게 하고, 별나게도 절 뜰이 잔디밭이라, 붉은 꽃이 더 아름답게 보인다. 흰 눈으로 덮인 겨울철에는 빨간 홍시가 눈이 소복한 모습으로 순백의 자그마한 산사를 등불처럼 밝혀주는 것. 남도 끝 산골짜기 무명의 작은 고려 옛 절이지만, 이 아름다움에 매혹된 사진가들이 불원천리 찾아가는 출사지가 되었다.

대숲에 눈이 내리면...
죽녹원의 비경

눈보라 칠 때마다 댓잎이 부딪치며 사각거리는 청량한 소리. 순백의 꽃밭 위로 쭉쭉 뻗은 대숲 사이로 난 오솔길이 운치 만점이다. 대나무골 담양을 표상하는 이 테마공원은 16만여 평이나 대숲이 펼쳐지고, 그 사이사이로 난 2.4km의 산책길이 일품. 8가지 주제의 길이 저마다 특색이 있지만, 송강정, 식영정, 명옥헌 등 담양의 누각들을 재현해 놓은 시가공원은 놓치지 말아야 한다. 대나무 품목으로는 유일하게 유엔의 세계중요농업유산으로 이 고을이 등재되면서 죽녹원은 이제 담양 여행의 필수 코스가 되었다.

장성 편백숲에서 만난
위대한 생애

　하늘로 쭉쭉 뻗은 잘 생긴 나무들이 빼곡히 들어찬 장성 편백나무숲. 푹
푹 빠지는 눈길을 걸으며, 이런 엄청난 숲을 만들어놓고 떠난 임종국
(1915~1987) 씨를 떠올려본다. 가뭄 때는 가족과 함께 물지게를 지고 비탈길을
오르내렸다는 무명의 촌부. 가산만 탕진한다고 조롱하던 마을사람들이 지금
은 피톤치드의 효험을 보려 찾아오는 사람들로 생계를 유지하고 있다. 위대
한 선각자가 누구인가. 감동 없이 걸을 수 없는 광대한 편백숲이었다.

해변의 명화,
죽성 드림성당

해안도로에서 바다 안으로 삐쭉 들어간 갯바위에 꿈결처럼 얹혀있는 자그마한 성당. 푸른 하늘과 망망한 바다, 등대와 어우러진 이국적인 풍광이 한 폭의 명화를 연상시킨다. 일출과 일몰뿐 아니라, 야경도 아름다운 전천후 사진 포인트로 연인들의 셀카사진 성지가 되었다는 곳. 드라마 세트장으로 지었는데, 정작 드라마는 성공하지 못하고, 여행객들만 몰려들어 리모델링한 것이 명품 관광지가 된 부산 기장읍의 성당이다.

득량만의
불타는 여명

　이청준의 동명 소설을 영화화한 〈축제〉 촬영지였던 남녘 끝, 장흥 소등섬의 일출은 명소값을 하는가 싶어 긴장했다. 진한 잉크색으로 하늘을 가르고, 몇 줄기 진홍빛이 뻗치는가 했더니, 갑자기 구름 속으로 사라지는 태양. 허망하다. 그러나 하늘과 바다를 붉게 물들이며 타오르던 득량만의 여명은 일출 못지않은 감동을 주었으니... 청정 해역의 석화구이를 즐기며 남도의 서정에 젖게 해준 자그마한 포구였다.

동해의 명승,
울산 대왕암

　해금강 다음으로 동해안에서 풍광이 가장 뛰어나다는 울산 대왕암. 수령 백 년이 넘는 15000여 그루의 해송이 꽉 찬 솔밭을 배경으로 푸른 바다에 떠 있는 거대한 기암괴석이 한눈에도 장엄하다. 문무대왕비가 동해의 호국용이 되겠다고 잠겨버렸다는 거대한 바위. 하늘로 치솟는 용의 모습이라 더 신기하다. 해녀들이 잡은 청정해산물을 맛볼 수 있는 노점상들이 나그네이 발길을 유혹한다.

부산의 절경,
해동 용궁사

동해의 끝자락에 수상 법당인 듯 자리 잡은 부산의 명찰 해동 용궁사. 나
옹대사가 창건한 고려 옛 절로, 동해의 기암괴석에 세워져 뛰어난 절경을 자
랑한다. 백팔계단을 지나 정사로 들어가는 용문교 돌다리는 파도 위에 뜬 한
폭의 그림이고, 절 뜰로 내려서면 일망무제한 대해가 무아의 경지에 빠지게
한다.

보성 녹차밭의
황홀한 설경

　환상이다. 푸른 녹차밭이 은세계로 변한 광활한 설경을 바라보며, 자연의
경이로움에 입을 다물지 못한다. 삼나무 숲에는 보석이 박힌 듯 흰 눈이 반
짝이고, 나뭇가지에는 만발한 눈꽃이 별천지를 이루고 있다. 5월의 녹차밭과
는 또 다른 설경의 진수를 보여주는 곳. 아무도 발을 들여놓지 않은 순백의
녹차밭에서 아침 햇살에 빛나는 황홀한 풍경을 감동에 젖어 바라본다.

통영 앞바다의 낙원,
장사도

거제도 대포항에서 15분이면 갈 수 있는 자그마한 섬 장사도. 10만여 그루
의 동백나무와 후박나무들이 숲을 이루는 등 희귀 동식물이 즐비한 천혜의
섬이 동화 같은 섬으로 다시 태어났다. 분교장 옛터를 분재원으로 만드는 등
볼거리도 많고, 카페며, 레스토랑이며, 멋도 냈지만, 그중에서도 눈길을 끄는
것은 야외 공연장. 다도해의 풍광을 바라보며 음악회도 연다니, 생각만 해도
가슴 뛰는 일이다.

겨울 바다

　겨울 바다가 너무 외로웠나 보다. 그리움에 사무쳐 견딜 수 없었나 보다. 흰 이빨을 드러내고 삼킬 듯 밀려오는 파도가 굶주린 이리떼처럼 달려온다. 얼마나 기다림에 지쳤으면, 입도 다물지 못하고 저렇게 달려와 제 몸을 부셔 버릴까. 여름철에는 사람들로 몸살을 앓더니, 그림자 하나 얼씬하지 않는 인심이 얼마나 야속했으랴. 텅 빈 백사장이 얼마나 가슴 시렸으랴! 칼바람이 볼을 때리는 그 바다가 그리워 다시 떠난다. 사랑에 굶주린 바다가 가여워서가 아니라, 사랑하고픈 내가 더 외로워서이다.

-경포대 해수욕장에서 -

감사의 말

인제군 갑둔리 비밀의 정원

내 사진생활을 한결같이 도와주는
전성철 선생과 매사 불편이 없도록
지원해주는 가족들에게 고마움을 표
한다.

- 저자